लिली

और अन्य कहानियाँ

लिली

और अन्य कहानियाँ

सूर्यकान्त त्रिपाठी 'निराला'

वाणी प्रकाशन

प्रकाशन के उत्कृष्टतम 61 वर्ष

vaniprakashan.com

सजिल्द प्रथम संस्करण : 2024

वाणी प्रकाशन

4695, 21-ए, दरियागंज, नयी दिल्ली-110 002

फ़ोन : +91 11 23273167, 23275710

शाखाएँ

अशोक राजपथ, पटना-800 004, बिहार

कॉफ़ी हाउस कैम्पस, महात्मा गांधी मार्ग, प्रयागराज-211 001, उत्तर प्रदेश

महात्मा गांधी अन्तरराष्ट्रीय हिन्दी विश्वविद्यालय, वर्धा-442 001, महाराष्ट्र

36/ए, शेक्सपियर सरणी, रानी बिरला गर्ल्स कॉलेज के पास, कोलकाता-700 017, प. बंगाल

sales@vaniprakashan.in
vaniprakashan@gmail.com

Lili Aur Anya Kahaniyan
by Suryakant Tripathi 'Nirala'

ISBN : 978-93-5072-656-3
Collection of Stories

मूल्य : ₹ 300

आर. टेक ऑफ़सेट प्रिंटर्स, दिल्ली-110 032 में मुद्रित

वाणी प्रकाशन का लोगो मक़बूल फ़िदा हुसेन की कूची से

निराला के कवि-व्यक्तित्व का कथा-सामर्थ्य

भारतीय साहित्य में 'कथा' की परम्परा अत्यन्त प्राचीन रही है। संस्कृत वाङ्मय में कथा-काव्य का सुदृढ़ रूप मिलता है। वैदिक कहानियाँ, रामायण-महाभारत व जातक कथाएँ इसका प्रमाण हैं। आधुनिक काल में कथा-साहित्य की परम्परा नया स्वरूप ग्रहण कर ली है। प्रेमचन्द-युग में कहानियाँ यथार्थ-जीवन का आईना बनीं। मानव-जीवन की व्यापक संवेदना वाली भावभूमि पर प्रतिष्ठित होने के कारण कथा-साहित्य लोकप्रिय हुआ। कथा-साहित्य का मानव-जीवन से गहरा जुड़ाव ही निराला जैसे समाज-चेता और संवेदनशील रचनाकार को कहानी व उपन्यास लेखन की ओर आकृष्ट किया।

निराला का साहित्यिक व्यक्तित्व अत्यन्त गरिमा-मण्डित है। वे युग-द्रष्टा और युग-स्रष्टा साहित्यकार थे। भक्ति साहित्य में जो स्थान तुलसीदास का है, वही स्थान छायावाद में निराला का है । निराला भी उसी प्रकार छायावाद का अतिक्रमण करते दीखते हैं, जैसे भक्तिकाल में रहते हुए भी तुलसीदास ने किया था। दोनों ही परवर्ती साहित्य के प्रेरणास्रोत बने हुए हैं। डॉ. रामविलास शर्मा ने निराला के साहित्य की ऊर्जा का मुख्य श्रोत उनके जीवन-संघर्ष को बताया। डॉ. शर्मा के अनुसार निराला का अपना जीवन-संघर्ष, देश की जनता के संघर्ष से घुल-मिलकर एक हो गया था। यह संघर्ष मनुष्य की मुक्ति का संघर्ष रहा, जिसमें मनुष्य किसी धर्म, जाति, वर्ण या देश का नहीं रह जाता। निराला जी स्वयं कहते हैं कि "समस्त विश्व के मनुष्य हमारी मनुष्यता के दायरे में आ जाएँ!" वे जिस प्रकार अपने काव्य में उस मनुष्य की तलाश करते हैं, कहानियों व उपन्यासों में भी उसी तरह खोजते दीखते हैं। साहित्य में अन्ध-परम्परा और प्राचीन रूढ़िवाद से निराला दु:खी थे। 'उपन्यास-साहित्य और समाज' में वे लिखते हैं कि– "उपन्यास में वास्तविक जीवन का चित्रण होना चाहिए। जहाँ जीवन दागी होकर संजीवनी शक्ति से रहित हो जाता है, वहाँ उसे नयी प्रथा से सँवारकर या प्रहार द्वारा नष्ट करके औपन्यासिक नवीन चित्रण का समावेश अपरिहार्य है।" निराला को कथा-साहित्य में कोरा आदर्शवाद नहीं पसन्द था। वे आदर्शवाद के साथ यथार्थवाद की तलाश में लगे रहते थे। उन्होने साहित्यिक,

सामाजिक और राजनीतिक विसंगतियों को गूँथते हुए कहा कि "राजनीति के मैदान में जिस प्रकार बड़ी-बड़ी लड़ाइयों के लिए सिर उठाना ज़रूरी होता है, उसी तरह साहित्य के मैदान में भी हस्तक्षेप ज़रूरी है।"

'लिली', 'सखी', 'सुकुल की बीवी', 'चतुरी चमार' और 'देवी' निराला के पाँच कहानी-संग्रह प्रकाश में आये। 'लिली' कथा-साहित्य में उनका पहला प्रयास है। यह कहानी-संग्रह 1933 में गंगा ग्रन्थागार लखनऊ से प्रकाशित हुआ। इस संग्रह में 'पद्मा और लिली', 'ज्योतिर्मयी', 'कमला', 'श्यामा', 'अर्थ', 'प्रेमिका-परिचय', 'परिवर्तन' और 'हिरनी' कुल आठ कहानियाँ सम्मिलित थीं। 'अर्थ' और 'प्रेमिका-परिचय' को छोडकर बाकी सभी कहानियों के केन्द्र में नारी है। इन कहानियों में नारी-जीवन की विभिन्न समस्याओं का उद्घाटन किया गया है। प्रस्तुत संग्रह में उस पुस्तक से दो कहानियाँ 'पद्मा और लिली' और 'हिरनी' ली गयी हैं। निराला जी का दूसरा कहानी-संग्रह 'सखी' 1935 में सरस्वती पुस्तक भण्डार लखनऊ से प्रकाशित हुआ, जिसमें 'सखी', 'न्याय', 'राजा साहब को ठेंगा दिखाया', 'देवी', 'चतुरी चमार', 'स्वामी सारदानन्द जी महाराज और मैं', 'सफलता' और 'भक्त और भगवान' कुल आठ कहानियाँ सम्मिलित थीं। उस पुस्तक से इस संग्रह में छह कहानियाँ ली गयी हैं। यह सभी कहानियाँ सामाजिक, आध्यात्मिक और दार्शनिक स्तर की हैं।

'सुकुल की बीवी' निराला का तीसरा कहानी-संग्रह है जो 1941 में भारती भण्डार प्रयाग से प्रकाशित हुआ। उस संग्रह में 'सुकुल की बीवी', 'श्रीमती गजानन्द शास्त्रिणई', 'कला की रूपरेखा' और 'क्या देखा' कुल चार कहानियाँ संग्रहीत थीं। उस पुस्तक से इस संग्रह में दो कहानियाँ ली गयी हैं। निराला जी का चौथा कहानी-संग्रह 'चतुरी चमार' 1945 में किताब महल प्रयाग से आया, जिसमें 'सखी' नामक कहानी-संग्रह की ही सारी कहानियाँ हैं, सिर्फ 'चतुरी चमार' कहानी को पहले क्रम में लिया गया। निराला जी का पाँचवाँ कहानी-संग्रह 'देवी' नाम से आया, जिसमें 'जान की' के अलावा सभी वही कहानियाँ हैं जो पूर्व में प्रकाशित पुस्तकों मे आ चुकी थीं। 'देवर का इन्द्रजाल', 'दो दाने' और 'विद्या' नामक कहानियाँ भी किसी संग्रह में नहीं आयीं, लेकिन पत्रिकाओं में अवश्य छपीं। इस संग्रह में निराला की कुल उन्नीस कहानियाँ संकलित हैं, जिन्हें पढ़कर पाठक निराला के कवि-व्यक्तित्व का कथा-सामर्थ्य जानेंगे ।

–एल. उमाशंकर सिंह

अनुक्रम

पद्मा और लिली

पद्मा के चन्द्र-मुख पर षोड़श कला की शुभ्र चन्द्रिका अम्लान खिल रही है। एकान्त कुँज की कली-सी प्रणय के वासन्ती मलयस्पर्श से हिल उठती, विकास के लिए व्याकुल हो रही है।

पद्मा की प्रतिभा की प्रशंसा सुनकर उसके पिता ऑनरेरी मैजिस्ट्रेट पण्डित रामेश्वरजी शुक्ल उसके उज्ज्वल भविष्य पर अनेक प्रकार की कल्पनाएँ किया करते हैं। योग्य वर के अभाव से उसका विवाह अब तक रोक रक्खा है। मैट्रिक परीक्षा में पद्मा का सूबे में पहला स्थान आया था। उसे वृत्ति मिली थी। पत्नी को, योग्य वर न मिलने के कारण विवाह रूका हुआ है, शुक्ल जी समझा देते हैं। साल-भर से कन्या को देखकर माता भविष्य-शंका से काँप उठती हैं।

पद्मा काशी विश्वविद्यालय के कला-विभाग में दूसरे साल की छात्रा है। गर्मियों की छुट्टी है, इलाहाबाद घर आयी हुई है। अबके पद्मा का उभार, उसका रंग-रूप, उसकी चितवन-चलन-कौशल-वार्तालाप पहले से सभी बदल गये हैं। उसके हृदय में अपनी कल्पना से कोमल सौन्दर्य की भावना, मस्तिष्क में लोकाचार से स्वतन्त्र अपने उच्छृंखल आनुकूल्य के विचार पैदा हो गये हैं। उसे निस्संकोच चलती-फिरती, उठती-बैठती, हँसती-बोलती देखकर माता हृदय के बोलवाले तार से कुछ और ढीली तथा बेसुरी पड़ गयी हैं।

एक दिन सन्ध्या के डूबते सूर्य के सुनहले प्रकाश में, निरभ्र नील आकाश के नीचे, छत पर, दो कुर्सियाँ डलवा माता और कन्या गंगा का रजत-सौन्दर्य एकटक देख रही थी। माता पद्मा की पढ़ाई, कॉलेज की छात्राओं की संख्या, बालिकाओं के होस्टल का प्रबन्ध आदि बातें पूछती हैं, पद्मा उत्तर देती है। हाथ में है हाल की निकली स्ट्रैंड मैगजीन की एक प्रति। तस्वीरें देखती जाती है। हवा का एक हलका झोंका आया, खुले रेशमी बाल, सिर से साड़ी को उड़ाकर, गुदगुदाकर, चला गया।

"सिर ढक लिया करो, तुम बेहया हुई जाती हो।" माता ने रूखाई से कहा। पद्मा ने सिर पर साड़ी की जरीदार किनारी चढ़ा ली, आँखें नीची कर किताब के पन्ने उलटने लगी।

"पद्मा!" गम्भीर होकर माता ने कहा।

"जी!" चलते हुए उपन्यास की एक तस्वीर देखती हुई नम्रता से बोली।

मन से अपराध की छाप मिट गयी, माता की वात्सल्य-सरिता में कुछ देर के लिए बाढ़-सी आ गयी, उठते उच्छ्वास से बोली, "कानपुर में एक नामी वकील महेशप्रसाद त्रिपाठी हैं।"

"हूँ" एक दूसरी तस्वीर देखती हुई।

"उनका लड़का आगरा युनिवर्सिटी से एम.ए. में इस साल फर्स्ट क्लास फर्स्ट आया है।"

"हूँ" पद्मा ने सिर उठाया। आँखें प्रतिभा से चमक उठीं।

"तेरे पिताजी को मैंने भेजा था, वह परसों देखकर लौटे हैं। कहते थे, लड़का हीरे का टुकड़ा, गुलाब का फूल है। बातचीत दस हजार में पक्की हो गयी है।"

"हूँ" मोटर की आवाज पा पद्मा उठकर छत के नीचे देखने लगी। हर्ष से हृदय में तरंगें उठने लगीं। मुस्किराहट दबाकर आप ही में हँसती हुई चुपचाप बैठ गयी।

माता ने सोचा, लड़की बड़ी हो गयी है, विवाह के प्रसंग से प्रसन्न हुई है। खुलकर कहा, "मैं बहुत पहले से तेरे पिताजी से कह रही थी, वह तेरी पढ़ाई के विचार में पड़े थे।"

नौकर ने आकर कहा, "राजेन बाबू मिलने आये हैं।"

पद्मा की माता ने एक कुर्सी डाल देने के लिए कहा। कुर्सी डालकर नौकर राजेन बाबू को बुलाने नीचे उतर गया। तब तक दूसरा नौकर रामेश्वर जी का भेजा हुआ पद्मा की माता के पास आया। कहा, "ज़रूरी काम से कुछ देर के लिए पण्डितजी जल्द बुलाते हैं।"

जीने से पद्मा की माता उतर रही थीं, रास्ते में राजेन्द्र से भेंट हुई। राजेन्द्र ने हाथ जोड़कर प्रणाम किया। पद्मा की माता ने कन्धे पर हाथ रखकर आशिर्वाद दिया और कहा, "चलो, पद्मा छत पर है, बैठो, मैं अभी आती हूँ।"

राजेन्द्र जज का लड़का है, पद्मा से तीन साल बड़ा, पढ़ाई में भी। पद्मा अपराजिता बड़ी-बड़ी आँखों की उत्सुकता से प्रतीक्षा में थी, जब से छत से उसने देखा था।

“आइए, राजेन बाबू, कुशल तो है?” पद्मा ने राजेन्द्र का उठकर स्वागत किया। एक कुर्सी की तरफ बैठने के लिए हाथ से इंगित कर खड़ी रही। राजेन्द्र बैठ गया, पद्मा भी बैठ गयी।

“राजेन, तुम उदास हो!”

“तुम्हारा विवाह हो रहा है?” राजेन्द्र ने पूछा।

पद्मा उठकर खड़ी हो गयी। बढ़कर राजेन्द्र का हाथ पकड़कर बोली, “राजेन, तुम्हें मुझ पर विश्वास नहीं? जो प्रतिज्ञा मैंने की है, हिमालय की तरह उस पर अटल रहूँगी।”

पद्मा अपनी कुर्सी पर बैठ गयी। मैगजीन खोल उसी तरह पन्नों में नज़र गड़ा दी। जीने से आहट मालूम दी।

माता निगरानी की निगाह से देखती हुई आ रही थीं। प्रकृति स्तब्ध थी। मन में वैसी ही अन्वेषक चपलता।

“क्यों बेटा, तुम इस साल बी.ए. हो गये?” हँसकर पूछा।

“जी हाँ।” सिर झुकाये हुए राजेन्द्र ने उत्तर दिया।

“तुम्हारा विवाह कब तक करेंगे तुम्हारे पिताजी, जानते हो?”

“जी नहीं।”

“तुम्हारा विचार क्या है?”

“आप लोगों से आज्ञा लेकर विदा होने के लिए आया हूँ, विलायत भेज रहे हैं पिता जी।” नम्रता से राजेन्द्र ने कहा।

“क्या बैरिस्टर होने की इच्छा है?” पद्मा की माता ने पूछा।

“जी हाँ।”

“तुम साहब बनकर विलायत से आना और साथ एक मेम भी लाना, मैं उसकी शुध्दि कर लूँगी।” पद्मा हँसकर बोली।

नौकर ने एक तश्तरी पर दो प्यालों में चाय दी-दो रकाबियों पर कुछ बिस्कुट और केक। दूसरा एक मेज उठा लिया। राजेन्द्र और पद्मा की कुर्सी के बीच रख दी, एक धुली तौलिया ऊपर से बिछा दी। सासर पर प्याले तथा रकाबियों पर बिस्कुट और केक रखकर नौकर पानी लेने गया, दूसरा आज्ञा की प्रतीक्षा में खड़ा रहा।

“मैं निश्चय कर चुका हूँ, जबान भी दे चुका हूँ। अबके तुम्हारी शादी कर दूँगा।” पण्डित रामेश्वरजी ने कन्या से कहा।

“लेकिन मैंने भी निश्चय कर लिया है, डिग्री प्राप्त करने से पहले विवाह न करूँगी।” सिर झुकाकर पद्मा ने जवाब दिया।

"मैं मैजिस्ट्रेट हूँ बेटी, अब तक अक्ल ही की पहचान करता रहा हूँ, शायद इससे ज़्यादा सुनने की तुम्हें इच्छा न होगी।" गर्व से रामेश्वरजी टहलने लगे।

पद्मा के हृदय के खिले गुलाब की कुल पंखडिया हवा के एक पुरज़ोर झोंके से काँप उठीं। मुक्ताओं-सी चमकती हुई दो बूँदें पलकों के पत्रों से झड़ पड़ी। यही उसका उत्तर था।

"राजेन जब आया, तुम्हारी माता को बुलाकर मैंने जीने पर नौकर भेज दिया था, एकान्त में तुम्हारी बातें सुनने के लिए। तुम हिमालय की तरह अटल हो, मैं भी वर्तमान की तरह सत्य और दृढ़।"

रामेश्वरजी ने कहा, "तुम्हें इसलिए मैंने नहीं पढ़ाया कि तुम कुल-कलंक बनो।"

"आप यह सब क्या कह रहे हैं?"

"चुप रहो। तुम्हें नहीं मालूम? तुम ब्राह्मण-कुल की कन्या हो, वह क्षत्रिय-घराने का लड़का है–ऐसा विवाह नहीं हो सकता।" रामेश्वरजी की साँस तेज चलने लगीं, आँखें भौंहों से मिल गयीं।

"आप नहीं समझे मेरे कहने का मतलब।" पद्मा की निगाह कुछ उठ गयी।

"मैं बातों का बनाना आज दस साल से देख रहा हूँ। तू मुझे चराती है? वह बदमाश!"

"इतना बहुत है। आप अदालत के अफसर है! अभी-अभी आपने कहा था, अब तक अक्ल की पहचान करते रहे हैं, यह आपकी अक्ल की पहचान है! आप इतनी बड़ी बात राजेन्द्र को उसके सामने कह सकते हैं? बतलाइए, हिमालय की तरह अटल सुन लिया, तो इससे आपने क्या सोचा?"

आग लग गयी, जो बहुत दिनों से पद्मा की माता के हृदय में सुलग रही थी।

"हट जा मेरी नजरों से बाहर, मैं समझ गया।" रामेश्वर जी क्रोध से काँपने लगे।

"आप गलती कर रहे हैं, आप मेरा मतलब नहीं समझे, मैं भी बिना पूछे हुए बतलाकर कमज़ोर नहीं बनना चाहती।"

पद्मा जेठ की लू में झुलस रही थी, स्थल पद्म-सा लाल चेहरा तम-तमा रहा था। आँखों की दो सीपियाँ पुरस्कार की दो मुक्ताएँ लिये सगर्व चमक रही थीं।

रामेश्वरजी भ्रम में पड़ गये। चक्कर आ गया। पास की कुर्सी पर बैठ गये। सर हथेली से टेककर सोचने लगे। पद्मा उसी तरह खड़ी दीपक की निष्कम्प शिखा-सी अपने प्रकाश में जल रही थी।

"क्या अर्थ है, मुझे बता।" माता ने बढ़कर पूछा।

"मतलब यह, राजेन को सन्देह हुआ था, मैं विवाह कर लूँगी–यह जो पिता जी पक्का कर आये हैं, इसके लिए मैंने कहा था कि मैं हिमालय की तरह अटल हूँ, न कि यह कि मैं राजन के साथ विवाह करूँगी। हम लोग कह चुके थे कि पढ़ाई का अन्त होने पर दूसरी चिन्ता करेंगे।"

पद्मा उसी तरह खड़ी सीधे ताकती रही।

"तू राजेन को प्यार नहीं करती?" आँख उठाकर रामेश्वरजी ने पूछा।

"प्यार? करती हूँ।"

"करती है?"

"हाँ, करती हूँ।"

"बस, और क्या?"

"पिता!"

पद्मा की आबदार आँखों से आँसुओं के मोती टूटने लगे, जो उसके हृदय की क़ीमत थे, जिनका मूल्य समझनेवाला वहाँ कोई न था।

माता ने ठोढ़ी पर एक उँगली रख रामेश्वरजी की तरफ देखकर कहा, "प्यार भी करती है, मानती भी नहीं, अजीब लड़की है।"

"चुप रहो।" पद्मा की सजल आँखें भौंहों से सट गयीं, "विवाह और प्यार एक बात है? विवाह करने से होता है, प्यार आप होता है। कोई किसी को प्यार करता है, तो वह उससे विवाह भी करता है? पिता जी जज साहब को प्यार करते हैं, तो क्या इन्होंने उनसे विवाह भी कर लिया है?"

रामेश्वर जी हँस पड़े।

रामेश्वर जी ने शंका की दृष्टि से डाक्टर से पूछा, "क्या देखा आपने डाक्टर साहब?"

"बुखार बड़े ज़ोर का है, अभी तो कुछ कहा नहीं जा सकता। जिस्म की हालत अच्छी नहीं, पूछने से कोई जवाब भी नहीं देती। कल तक अच्छी थी, आज एकाएक इतने ज़ोर का बुखार, क्या सबब है?" डॉक्टर ने प्रश्न की दृष्टि से रामेश्वर जी की तरफ देखा।

रामेश्वर जी पत्नी की तरफ देखने लगे।

डाक्टर ने कहा, "अच्छा, मैं एक नुस्खा लिखे देता हूँ, इससे जिस्म की हालत अच्छी रहेगी। थोड़ी-सी बर्फ मँगा लीजिएगा। आइस-बैग तो क्यों होगा आपके यहाँ? एक नौकर मेरे साथ भेज दीजिए, मैं दे दूँगा। इस वक़्त एक सौ चार

डिग्री बुखार है। बर्फ़ डालकर सिर पर रखिएगा। एक सौ एक तक आ जाय, तब ज़रूरत नहीं।"

डॉक्टर चले गये। रामेश्वर जी ने अपनी पत्नी से कहा, "यह एक दूसरा फसाद खड़ा हुआ। न तो कुछ कहते बनता है, न करते। मैं कौम की भलाई चाहता था, अब ख़ुद ही नकटों का सिरताज हो रहा हूँ। हम लोगों में अभी तक यह बात न थी कि ब्राह्मण की लड़की का किसी क्षत्रिय लड़के से विवाह होता। हाँ, ऊँचे कुल की लड़कियाँ ब्राह्मणों के नीचे कुलों में गयी हैं। लेकिन, यह सब आख़िर कौम ही में हुआ है।"

"तो क्या किया जाय?" स्फारित, स्फुरित आँखें, पत्नी ने पूछा।

"जज साहब से ही इसकी बचत पूछूँगा। मेरी अक्ल अब और नहीं पहुँचती। अरे छीटा!"

"जी!" छीटा चिलम रखकर दौड़ा।

"जज साहब से मेरा नाम लेकर कहना, जल्द बुलाया है।"

"और भैया बाबू को भी बुला लाऊँ?"

"नहीं-नहीं।" रामेश्वर जी की पत्नी ने डाँट दिया।

जज साहब पुत्र के साथ बैठे हुए वार्तालाप कर रहे थे। इंग्लैंड के मार्ग, रहन-सहन, भोजन-पान, अदब-कायदे का बयान कर रहे थे। इसी समय छीटा बँगले पर हाजिर हुआ, और झुककर सलाम किया। जज साहब ने आँख उठाकर पूछा, "कैसे आये छीटाराम?"

"हुज़ूर को सरकार ने बुलाया है, और कहा है, बहुत जल्द आने के लिए कहना।"

"क्यों?"

"बीबी रानी बीमार हैं, डाक्टर साहब आये थे, और हुजूर" बाक़ी छीटा ने कह ही डाला था।

"और क्या?"

"हुजूर" छीटा ने हाथ जोड़ लिये। उसकी आँखें डबडबा आयीं।

जज साहब बीमारी कड़ी समझकर घबरा गये! ड्राइवर को बुलाया। छीटा चल दिया। ड्राइवर नहीं था। जज साहब ने राजेन्द्र से कहा, "जाओ, मोटर ले आओ। चलें, देखें, क्या बात है।"

राजेन्द्र को देखकर रामेश्वर जी सूख गये। टालने की कोई बात न सूझी। कहा, "बेटा, पद्‌मा को बुखार आ गया है, चलो, देखो, तब तक मैं जज साहब से कुछ बातें करता हूँ।"

राजेन्द्र उठ गया। पद्मा के कमरे में एक नौकर सिर पर आइस-बैग रक्खे खड़ा था। राजेन्द्र को देखकर एक कुर्सी पलंग के नजदीक रख दी।

"पद्मा!"

"राजेन!"

पद्मा की आँखों से टप-टप गर्म आँसू गिरने लगे। पद्मा को एकटक प्रश्न की दृष्टि से देखते हुए राजेन्द्र ने रूमाल से उसके आँसू पोंछ दिये।

सिर पर हाथ रक्खा, बड़े ज़ोर से धड़क रही थी।

पद्मा ने पलकें मूंद ली, नौकर ने फिर सिर पर आइस-बैग रख दिया।

सिरहाने थरमामीटर रक्खा था। झाड़कर, राजेन्द्र ने आहिस्ते से बगल में लगा दिया। उसका हाथ बगल से सटाकर पकड़े रहा। नज़र कमरे की घड़ी की तरफ थी।

निकालकर देखा, बुखार एक सौ तीन डिग्री था।

अपलक चिन्ता की दृष्टि से देखते हुए राजेन्द्र ने पूछा, "पद्मा, तुम कल तो अच्छी थीं, आज एकाएक बुखार कैसे आ गया?"

पद्मा ने राजेन्द्र की तरफ करवट ली, कुछ न कहा।

"पद्मा, मैं अब जाता हूँ।"

ज्वर से उभरी हुई बड़ी-बड़ी आँखों ने एक बार देखा, और फिर पलकों के पर्दे में मौन हो गयीं।

अब जज साहब और रामेश्वर जी भी कमरे में आ गये।

जज साहब ने पद्मा के सिर पर हाथ रखकर देखा, फिर लड़के की तरफ निगाह फेरकर पूछा, "क्या तुमने बुखार देखा है?"

"जी हाँ, देखा है।"

"कितना है?"

"एक सौ तीन डिग्री।"

"मैंने रामेश्वर जी से कह दिया है, तुम आज यही रहोगे। तुम्हें यहाँ से कब जाना है?–परसों न?"

"जी।"

"कल सुबह बतलाना घर आकर, पद्मा की हालत-कैसी रहती है। और रामेश्वर जी, डॉक्टर की दवा करने की मेरे खयाल से कोई ज़रूरत नहीं।"

"जैसा आप कहें।" सम्प्रदान-स्वर से रामेश्वर जी बोले।

जज साहब चलने लगे। दरवाजे तक रामेश्वर जी भी गये। राजेन्द्र वहीं रह गया। जज साहब ने पीछे फिरकर कहा, "आप घबराइए मत, आप पर समाज का भूत सवार है।" मन-ही-मन कहा, "कैसा बाप और कैसी लड़की!"

तीन साल बीत गये। पद्मा के जीवन में वैसा ही प्रभात, वैसा ही आलोक भरा हुआ है। वह रूप, गुण, विद्या और ऐश्वर्य की भरी नदी, वैसी ही अपनी पूर्णता से अदृश्य की ओर, वेग से बहती जा रही है। सौन्दर्य की वह ज्योति-राशि स्नेह-शिखाओं से वैसी ही अम्लान स्थिर है। अब पद्मा एम.ए. क्लास में पढ़ती है।

वह सभी कुछ है, पर वह रामेश्वर जी नहीं हैं। मृत्यु के कुछ समय पहले उन्होंने पद्मा को एक पत्र में लिखा था, "मैंने तुम्हारी सभी इच्छाएँ पूरी की हैं, पर अभी तक मेरी एक भी इच्छा तुमने पूरी नहीं की। शायद मेरा शरीर न रहे, तुम मेरी सिर्फ़ एक बात मानकर चलो–राजेन्द्र या किसी अपर जाति के लड़के से विवाह न करना। बस।"

इसके बाद से पद्मा के जीवन में आश्चर्यकर परिवर्तन हो गया। जीवन की धारा ही पलट गयी। एक अद्भुत स्थिरता उसमें आ गयी। जिस गति के विचार ने उसके पिता को इतना दुर्बल कर दिया था, उसी जाति की बालिकाओं को अपने ढंग पर शिक्षित कर, अपने आदर्श पर लाकर पिता की दुर्बलता से प्रतिशोध लेने का उसने निश्चय कर लिया।

राजेन्द्र बैरिस्टर होकर विलायत से आ गया। पिता ने कहा, "बेटा, अब अपना काम देखो।" राजेन्द्र ने कहा, "जरा और सोच लूँ, देश की परिस्थिति ठीक नहीं।"

"पद्मा!" राजेन्द्र ने पद्मा को पकड़कर कहा।

पद्मा हँस दी। "तुम यहाँ कैसे राजेन?" पूछा।

"बैरिस्टरी में जी नहीं लगता पद्मा, बड़ा नीरस व्यवसाय है, बड़ा बेदर्द। मैंने देश की सेवा का व्रत ग्रहण कर लिया है, और तुम?"

"मैं भी लड़कियाँ पढ़ाती हूँ–तुमने विवाह तो किया होगा?"

"हाँ, किया तो है।" हँसकर राजेन्द्र ने कहा।

पद्मा के हृदय पर जैसे बिजली टूट पड़ी, जैसे तुषार की प्रहत पद्मिनी क्षण भर में स्याह पड़ गयी। होश में आ, अपने को सँभालकर कृत्रिम हँसी रँगकर पूछा,

"किसके साथ किया?"

"लिली के साथ।" उसी तरह हँसकर राजेन्द्र बोला।

"लिली के साथ!" पद्मा स्वर में काँप गयी।

"तुम्हीं ने तो कहा था–विलायत जाना और मेम लाना।"

पद्मा की आँखें भर आयीं।

हँसकर राजेन्द्र ने कहा, "यही तुम अंग्रेज़ी की एम.ए. हो? लिली के मानी?"

चतुरी चमार

चतुरी चमार डाकखाना चमियानी मौजा गढ़कला, उन्नाव का एक कदीमी बाशिन्दा है। मेरे नहीं, मेरे पिता जी के बल्कि उनके पूर्वजों के भी मकान के पिछवाड़े कुछ फासले पर, जहाँ से होकर कई और मकानों के नीचे और ऊपरवाले पनालों का, बरसात और दिन-रात का शुद्धाशुद्ध जल बहता है। ढाल से कुछ ऊँचे एक बगल चतुरी चमार का पुश्तैनी मकान है। मेरी इच्छा होती है, चतुरी के लिए ग़ौरवे बहुवचनम् लिखूँ, क्योंकि साधारण लोगों के जीवनचरित या ऐसे ही कुछ लिखने के लिए सुप्रसिद्ध सम्पादक पं. बनारसी दास चतुर्वेदी द्वारा दिया हुआ आचार्य द्विवेदी जी का-प्रोत्साहन पढ़कर मेरी श्रद्धा बहुत बढ़ गई है, पर एक अड़चन है, गाँव के रिश्ते में चतुरी मेरा भतीजा लगता है। दूसरों के लिए वह श्रद्धेय अवश्य है, क्योंकि अपने उपानह-साहित्य में आजकल के अधिकांश साहित्यिकों की तरह अपरिवर्तनवादी है। वैसे ही देहात में दूर-दूर तक उसके मज़बूत जूतों की तारीफ़ है। पासी हफ्ते में तीन दिन हिरन, चौगड़े और बनैले सुअर खदेड़कर फाँसते हैं। किसान अरहर की ठूँठियों पर ढोर भगाते हुए दौड़ाते हैं–कँटीली झाड़ियों को दबाकर चले जाते हैं। छोकड़े बेल, बबूल, करील और बेर के काँटों से भरे रुँधवाए बाग़ों से सरपट भागते हैं, लोग जेंगरे पर मड़नी करते हैं, द्वारिका नाई न्योता बाँटता हुआ दो साल में दो हजार कोस से ज़्यादा चलता है। चतुरी के जूते अपरिवर्तनवाद के चुस्त रूपक जैसे टस-से-मस नहीं होते। यह ज़रूर है कि चतुरी के जूते जिला बाँदा के जूतों से वजन में हल्के बैठते हैं; सम्भव है, चित्रकूट के इर्द-गिर्द होने के कारण वहाँ के चर्मकार भाइयों पर रामजी की तपस्या का प्रभाव पड़ा हो, इसलिए उनका साहित्य ज़्यादा ठास हुआ; चतुरी वग़ैरह लखनऊ के नजदीक होने के कारण नवाबों के साये में आए हों।

उन दिनों मैं गाँव में रहता था। घर बगल में होने के कारण बैठे हुए ही मालूम कर लिया कि चतुरी चतुर्वेदी आदिकों से सन्त-साहित्य का अधिक मर्मज्ञ है। केवल चिट्ठी लिखने का ज्ञान न होने के कारण एक क्रिय होकर भी भिन्न फल है—वे पत्र और पुस्तकों के सम्पादक हैं, यह जूतों का। एक रोज मैंने चतुरी आदि के लिए चरस मँगवाकर अपने ही दरवाजे बैठक लगवाई। चतुरी उम्र में मेरे चाचाजी से कुछ छोटा होगा, कई घरों के लड़के-बच्चे समेत 'चरस-रसिक रघुपति-पद-नेहू' लोध आदि के सहयोग से मजीरेदार डफलियाँ लेकर वह रात आठ बजे आकर डट गया। कबीरदास, सूरदास, तुलसीदास, पल्टूदास आदि ज्ञात-अज्ञात अनेकानेक सन्तों के भजन होने लगे। पहले मैं निर्गुण शब्द का केवल अर्थ लिया करता था; लोगों को 'निर्गुण पद है' कहकर संगीत की प्रशंसा करते हुए सुनकर हँसता था; अब गम्भीर हो जाया करता हूँ—जैसे उम्र की बाढ़ के साथ अक्ल बढ़ती है! मैं मचिया पर बैठकर भजन सुनने लगा।

चतुरी आचार्य-कण्ठ से लोगों को भूले पदों की याद दिला दिया करता। मुझे मालूम हुआ, चतुरी कबीर-पदावली का विशेषज्ञ है। मुझसे उसने कहा, 'काका, ये निर्गुण-पद बड़े-बड़े विद्वान् नहीं समझते।' फिर शायद मुझे भी उन्हीं विद्वानों की कोटि में शुमार कर बोला, 'इस पद का मतलब?' मैंने उतरे गले से बात काटकर उभड़ते हुए कहा, 'चतुरी, आज गा लो, कल सुबह आकर मतलब समझाना। मतलब से गाने की तलब चली जाएगी।' चतुरी खखारकर गम्भीर हो गया। फिर उसी तरह डिक्टेट करता रहा। बीच-बीच में ओजस्विता लाने के लिए चरस की पुट चलती रही। गाने में मुझे बड़ा आनन्द आया। ताल पर तालियाँ देकर मैंने भी सहयोग किया। वे लोग ऊँचे दरजे के उन गीतों का मतलब समझते थे, उनकी नीचता पर यह एक आश्चर्य मेरे साथ रहा। बहुत से गाने आलंकारिक थे। वे उनका भी मतलब समझते थे।

रात तक मैं बैठा रहा। मुझे मालूम न था कि 'भगत' कराने के अर्थ रातभर गँवाने के हैं। तब तक आधी चरस भी खत्म न हुई थी। नींद ने ज़ोर मारा। मैंने चतुरी से चलने की आज्ञा माँगी। चरस की ओर देखते हुए उसने कहा, 'काका, फिर कैसे काम बनेगा?' मैंने कहा, 'चतुरी, तुम्हारी काकी तो भगवान् के यहाँ चली गई, जानते ही हो, भोजन अपने हाथ पकाना पड़ता है, कोई दूसरा मदद के लिए है नहीं, जरा आराम न करेंगे तो कल उठ न पाएँगे।' चतुरी नाराज़ होकर बोला, 'तुम ब्याह करते ही नहीं, नहीं तो तेरह काकी आ जाएँ, हाँ वैसी तो।' मैंने कहा, 'चतुरी, भगवान्

की इच्छा।' दु:खी हृदय से सहानुभूति दिखलाते हुए चतुरी ने कहा, 'काकी बहुत पढ़ी-लिखी थीं। मैंने हसार को कई चिट्ठियाँ उनसे लिखवाई हैं।' फिर चलती हुई चिलम में दम लगाकर धुआँ पीकर, सिर नीचे की ओर ज़ोर से दबाकर नाक से धुवाँ निकालकर बैठे गले से बोला, 'काकी रोटी भी करती थीं, बरतन भी मलती थीं और रामायण भी पढ़ती थीं। बड़ा अच्छा गाती थीं काका, तुम वैसा नहीं गाते। बुढ़ऊ बाबा, (मेरे चाचा) दरवाजे बैठते थे–भीतर काकी रामायण पढ़ती थीं। गजलें और न जाने क्या-क्या टिल्लाना गाती थीं–क्यों काका?' मैंने कहा, 'हूँ! तुम लोग चतुरी गाओ, मैं दरवाजा बन्द करके सुनता हूँ।'

जगने तक भगत होती रही। फिर कब बन्द हुई, मालूम नहीं। जब आँख खुली तब काफ़ी दिन चढ़ आया था। मुँह धोकर दरवाजा खोला, चतुरी बैठा एकटक दरवाजे की ओर देख रहा था। कबीर पदावली का अर्थ उससे किसी ने नहीं सुना। मैंने सुबह सुनने के लिए कहा था, वह आया हुआ है। मैंने कहा, 'क्यों चतुरी, रात सोए नहीं?' चतुरी सहज-गम्भीर मुद्रा से बोला, 'सोकर जगे तो बड़ी देर हुई, बुलाने की वजह से आया हुआ हूँ।' जिनमें शक्ति होती है, अवैतनिक शिक्षक वही हो सकते हैं। मैंने कहा, 'मैं तैयार हूँ, पहले तुम कबीर साहब की कोई उल्टबासी को सीधी करो।' 'कौन सुनाऊँ?' चतुरी ने कहा, 'एक-से-एक बढ़कर हैं। मैं कबीरपन्थी हूँ न काका, जहाँ गिरह लगती है, साहब आप खोल देते हैं।' मैंने कहा, 'तुम पहुँचे हुए हो, यह मुझे कल ही मालूम हो गया था।' चतुरी आँख मूँदकर शायद साहब का ध्यान करने लगा, फिर सस्वर एक पद गुनगुनाकर गाने लगा, फिर एक-एक कड़ी गाकर अर्थ समझाने लगा। उसके अर्थ में अनर्थ पैदा करना आनन्द खोना था। जब वह भाष्य पूरा कर चुका, जिस तरह के भाष्य से हिन्दीवालों पर 'कल्याण' के निरामिष लेखों का प्रभाव पड़ सकता है, मैंने कहा, 'चतुरी, तुम पढ़े-लिखे होते तो पाँच सौ की जगह पाते।' ख़ुश होकर चतुरी बोला, 'काका, कहो तो अर्जुनवा (चतुरी का एक सत्रह साल का लड़का) को पढ़ाने के लिए भेज दिया करूँ तुम्हारे पास, पढ़ जाएगा, तुम्हारी विद्या ले लेगा, मैं भी अपनी दे दूँगा; तो कहो, भगवान् की इच्छा हो जाए तो कुछ हो जाए।' मैंने कहा, 'भेज दिया करो। दीया घर से लेकर आया करे। हमारे पास एक ही लालटेन है। बहुत नजदीक घिचेगा तो गाँववाले चौंकेंगे। आगे देखा जाएगा। लेकिन गुरु-दक्षिणा हम रोज लेंगे। घबराओ मत। सिर्फ़ बाज़ार से हमारे लिए गोश्त ले आना होगा और महीने में दो दिन चक्की से आटा पिसवा लाना होगा। इसकी मेहनत हम देंगे। बाज़ार तुम जाते ही हो।' चतुरी को इस सहयोग

से बड़ी ख़ुशी हुई। एक प्रसंग पर आने के विचार से मैंने कहा, 'चतुरी, तुम्हारे जूते की बड़ी तारीफ़ है।' ख़ुश होकर चतुरी बोला, 'हाँ काका, दो साल चलता है।' उसमें एक दर्द भी दबा था। दुखी होकर कहा, 'काका, जिमीदार के सिपाही को एक जोड़ा हर साल देना पड़ता है। एक जोड़ा भगवता देता है। एक जोड़ा पंचमा। जब मेरा ही जोड़ा मजे में दो साल चलता है तब ज़्यादा लेकर कोई चमड़े की बरबादी क्यों करे?' कहकर डबडबाई आँखों से देखता हुआ जुड़े हाथों सेवई सी बटने लगा।

मुझे सहानुभूति के साथ हँसी आ गई। मगर हँसी को होंठों से बाहर न आने दिया। सँभलकर स्नेह से कहा, 'चतुरी, इसका वाजिबउल-अर्ज में पता लगाना होगा। अगर तुम्हारा जूता देना अर्ज होगा तो इसी तरह पुश्त-दर-पुश्त तुम्हें जूते देते रहने पड़ेंगे।'

चतुरी सोचकर मुसकराया। बोला, 'अब्दुल अर्ज में दर्ज होगा, क्यों काका?' मैंने कहा, 'देख लो, सिर्फ़ एक रुपया हक लगेगा।'

वक़्त बहुत हो गया था। मुझे काम था। चतुरी को मैंने विदा किया। वह गम्भीर होकर सिर हिलाता हुआ चला गया। मैं उसके मनोविकार पढ़ने लगा, 'वह एक ऐसे जाल में फँसा है, जिसे वह काटना चाहता है। भीतर से उसका पूरा ज़ोर उभर रहा है। जिसमें बार-बार उलझकर रह जाता है।'

अर्जुन का आना जारी हो गया। उन दिनों बाहर मुझे कोई काम न था, देहात में रहना पड़ा। गोश्त आने लगा। समय-समय पर लोध, पासी, धोबी और चमारों का ब्रह्मभोज भी चलता रहा। घृतपक्व मसालेदार मांस की ख़ुशबू से जिसकी भी लार टपकी, आप ही निमन्त्रित होने को पूछा। इस तरह मेरा मकान साधारण जनों का अड्डा, बल्कि हाउस ऑफ़ कॉमन्स हो गया। अर्जुन की पढ़ाई उत्तरोत्तर बढ़ चली। पहले-पहले जब दादा, मामा, काका, दीदी, नानी उसने सीखा तो हर्ष में उसके माँ-बाप सम्राट् पद पाए हुए को छापकर छलके। सब लोग आपस में कहने लगे, अब अर्जुनवा 'दादा-दादी' पढ़ गया। अर्जुन अपने बाप चतुरी को दादा और माँ को दीदी कहता था। दूसरे दिन उसके बड़े भाई ने मुझसे शिकायत की, कहा, 'बाबा, अर्जुनवा और तो सब लिख-पढ़ लेता है, पर भैया नहीं लिखता।' मैंने समझाया कि किताब में दादी-दादा से भैया की इज्जत बहुत ज़्यादा है; भैया तक पहुँचने में उसे दो महीने की देर होगी।

धीरे-धीरे आम पकने के दिन आए। अर्जुन अब दूसरी किताब समाप्त कर अपने खानदान में विशेष प्रतिष्ठित हो चला। कुछ नाजुक मिजाज भी हो गया।

मोटा काम न होता था। आम खिलाने के विचार से मैं अपने चिरंजीव को लिवा लाने के लिए ससुराल चला गया। तब उसकी उम्र 1-10 साल की होगी। सोयम या चहर्रुम में पढ़ता था। मेरे यहाँ उसके मनोरंजन की चीज़ न थी। कोई स्त्री भी न थी, जिसके प्यार से वह बहला रहता। पर दो-चार दिन के बाद मैंने देखा कि वह ऊबा नहीं, अर्जुन से उसकी गहरी दोस्ती हो गई है। मैं अर्जुन के बाप के जैसा, वह भी अर्जुन का काका लगता था। यद्यपि उम्र में उससे पौने दो पट था, फिर भी पद और पढ़ाई में मेरे चिरंजीव बड़े थे, फिर यह ब्राह्मण के लड़के भी थे। अर्जुन को नई और इतनी बड़ी उम्र में उतने छोटे से काका को श्रद्धा देते हुए प्रकृति के विरुद्ध दबना पड़ता था। इसका असर अर्जुन के स्वास्थ्य पर तीन-चार दिन में ही प्रत्यक्ष हो चला। तब मुझे कुछ मालूम न था। अर्जुन शिकायत न करता था। मैं देखता था। जब मैं डाकखाना या बाहर गाँव से लौटता हूँ, मेरे चिरंजीव अर्जुन के यहाँ होते हैं या घर ही पर उसे घेरकर पढ़ाते रहते हैं। चमारों के टोले में गोस्वामीजी के इस कथन को–'मनहु मत्त गजगन निरखि-सिंह किसोरहिं चोप', वह कई बार सार्थक करते देख पड़े। मैं ब्राह्मण-संस्कारों की सब बातों को समझ गया। पर उसे उपदेश क्या देता? चमार दबेंगे, ब्राह्मण दबाएँगे। दवा है, दोनों की जड़ें मार दी जाएँ, पर सहज-साध्य नहीं। सोचकर चुप हो गया।

मैं अर्जुन को पढ़ाता था तो स्नेह देकर उसे अपनी ही तरह का एक आदमी समझकर, उसके उच्चारण की त्रुटियों को पार करता हुआ। उसकी कमज़ोरियों की दरारें भविष्य में भर जाएँगी, ऐसा विचार रखता था। इसलिए उसमें कहाँ-कहाँ प्रमाद है, यह मुझे याद भी न था। पर मेरे चिरंजीव ने चार ही दिन में अर्जुन की सारी कमज़ोरियों का पता लगा लिया, और समय-असमय उसे घर बुलाकर (मेरी ग़ैर-हाजिरी में) उन्हीं कमज़ोरियों के रास्ते उसकी जीभ को दौड़ाते हुए अपना मनोरंजन करने लगे, मुझे बाद में मालूम हुआ।

सोमवार मियाँगंज के बाज़ार का दिन था। गोश्त के पैसे मैंने चतुरी को दे दिए थे। डाकखाना तब मगरायर था। वहाँ से बाज़ार नजदीक है। मैं डाकखाने से निबन्ध भेजने के लिए टिकट लेकर टहलता हुआ बाज़ार गया। चतुरी जूते की दुकान लिये बैठा था। मैंने कहा, 'कालिका (धोबी) भैया आए हुए हैं। चतुरी हमारा गोश्त उनके हाथ भेज देना। तुम बाज़ार उठने पर जाओगे, देर होगी।' चतुरी ने कहा, 'काका, एक बात है, अर्जुनवा तुमसे कहता डरता है, मैं घर आकर कहूँगा। बुरा न मानना लड़कों की बात का।' 'अच्छा', कहकर मैंने बहुत कुछ सोच लिया। बकर-कसाई

के सलाम का उत्तर देकर बादाम और ठण्डई लेने के लिए बनियों की तरफ गया। बाज़ार में मुझे पहचाननेवाले न पहचानने वालों को मेरी विशेषता से परिचित करा रहे थे–चारों ओर से आँखें उठी हुई थीं, ताज्जुब यह था कि अगर ऐसा आदमी है तो मांस खाना जैसा घृणित पाप क्यों करता है। मुझे क्षणमात्र में यह सब समझ लेने का काफ़ी अभ्यास हो गया था। गुरुमुख ब्राह्मण आदि मेरे घड़े का पानी छोड़ चुके थे। गाँव तथा पड़ोस के लड़के अपने-अपने भक्तिमान पिता-पितामहों को समझा चुके थे कि बाबा मैं कहते हैं, मैं पानी-पाँड़े थोड़े ही हूँ, जो ऐरे-ग़ैरे, नत्थू-ख़ैरे सबको पानी पिलाता फिरूँ। इससे लोग नाराज़ हो गए थे। साहित्य की तरह समाज में भी दूर-दूर तक मेरी तारीफ़ फैल चुकी थी–विशेष रूप से जब एक दिन वलायत की रोटी-पार्टी की तारीफ़ करने वाले एक देहाती स्वामी जी को मैंने कबाब खाकर काबुल में प्रचार करने वाले रामचन्द्र जी के वक़्त के एक ऋषि की कथा सुनाई, और मुझसे सुनकर वहीं गाँव के बाह्मणों के सामने बीड़ी पीने के लिए प्रचार करके भी मुझे नीचा नहीं दिखा सके–उन दिनों भाग्यवश मिले हुए अपने आवारागर्द नौकर से बीड़ी लेकर, सबके सामने दीयासलाई लगाकर मैंने समझा दिया कि तुम्हारा इस जूठे धुएँ से बढ़कर मेरे पास दूसरा महत्त्व नहीं।

मैं इन आश्चर्य की आँखों के भीतर बादाम और ठण्डई लेकर जरा रीढ़ सीधी करने को हुआ कि एक बुड्ढे पण्डित जी एक देहाती भाई के साथ मेरी ओर बढ़ते नज़र आए। मैंने सोचा, शायद कुछ उपदेश होगा। पण्डित जी सारी शिकायत पीकर मधु-मुख हो, अपने प्रदर्शक से बोले, 'आप ही हैं?' उसने कहा, 'हाँ, यही हैं।' पण्डित जी देखकर गद्गद हो गए। बोढ़ी उठाकर बोले, 'ओहो हो! आप धन्य हैं।' मैंने मन में कहा, 'नहीं, मैं धन्य हूँ, मज़ाक करता है खूसट।' पर ग़ौर से उनका पग्गड़ और खौर देखकर कहा, 'प्रणाम करता हूँ पण्डित जी।' पण्डित जी मारे प्रेम के संज्ञा खो बैठे। मेरा प्रणाम मामूली प्रणाम नहीं, बड़े भाग्य से मिलता है। मैं खड़ा पण्डित जी को देखता रहा। पण्डित जी ने अपने देहाती साथी से पूछा, 'आप बे-में सब पास हैं?' उनका साथी अत्यन्त गम्भीर होकर बोला, 'हाँ, जिला में दूसरा नहीं है।' होंठ काटकर मैंने कहा, 'पण्डित जी, रास्ते में दो नाले और एक नदी पड़ती है। भेड़िए लागन हैं। डण्डा नहीं लाया। आज्ञा हो तो चलूँ–शाम हो रही है।' पण्डित जी स्नेह से देखने लगे। जो शिकायत उन्होंने सुनी थी। आँखों में उस पर सन्देह था; दृष्टि कह रही थी, 'यह वैसा नहीं, ज़रूर गोश्त न खाता होगा। बीड़ी न पी होगी। लोग पाजी हैं।' प्रणाम करके, आशीर्वाद लेकर मैंने घर का रास्ता पकड़ा।

दरवाजे पर आकर रुक गया। भीतर बातचीत चल रही थी। प्रकाश कुछ-कुछ था। सूर्य डूब रहा था। मेरे पुत्र की आवाज आयी, 'बोल रे बोल!' इस वीर रस का अर्थ मैं समझ गया। अर्जुन बोलता हुआ हार चुका था। पर चिरंजीव को रस मिलने के कारण बुलाते हुए हार न हुई थी। चूँकि बार-बार बोलना पड़ता था, इसलिए अर्जुन बोलने से ऊबकर चुप था। डाँटकर पूछा गया तो सिर्फ़ कहा, 'क्या?'

'वही गुण बोल।'

अर्जुन ने कहा, 'गुड़।'

बच्चे के अट्टहास से घर गूँज उठा। भरपेट हँसकर, स्थिर होकर फिर उसने आज्ञा की, 'बोल गणेश।'

रोनी आवाज में अर्जुन ने कहा, 'गड़ेश।' खिलखिलाकर, हँसकर, चिरंजीव ने डाँटकर कहा, 'गड़ास-गड़ास करता है, साफ़ नहीं कहना आता–क्यों रे, रोज दातौन करता है?'

अर्जुन अप्रतिभ होकर दबी आवाज में एक छोटी सी 'हूँ' करके, सिर झुकाकर रह गया। मैं दरवाजा धीरे से ढकेलकर भीतर खम्भे की आड़ से देख रहा था। मेरे चिरंजीव उसे उसी तरह देख रहे थे जैसे गोरे कालों को देखते हैं। जरा देर चुप रहकर फिर आज्ञा की, 'बोल वर्ण।'

अर्जुन की जान आ पड़ी। मुझे हँसी भी आयी, गुस्सा भी लगा। निश्चय हुआ, अब अर्जुन से विद्या का धनुष नहीं उठने का। अर्जुन वर्ण के उच्चारण में विवर्ण हो रहा था। तरह-तरह से मुँह बनाने का आनन्द लेकर चिरंजीव ने फिर डाँटा, 'बोलता है या लगाऊँ झापड़। नहा लूँगा, गरमी तो है।'

मैंने सोचा, अब प्रकट होना चाहिए। मुझे देखकर अर्जुन खड़ा हो गया और आँखें मल-मलकर रोने लगा। मैंने पुत्र-रत्न से कहा, 'कान पकड़कर उठो-बैठो दस दफे।' उसने नज़र बदलकर कहा, 'मेरा कुसूर कुछ नहीं और मैं यों ही कान पकड़कर उठूँ-बैठूँ?' मैंने कहा, 'तुम इससे गुस्ताखी कर रहे थे।' उसने कहा, 'तो आपने भी की होगी। इससे 'गुण' कहला दीजिए। आपने पढ़ाया तो है, इसकी किताब में लिखा है।' मैंने कहा, 'तुम हँसते क्यों थे?' उसने कहा, 'क्या मैं जान-बूझकर हँसता था?' मैंने कहा, 'अब आज से तुम इससे बोल न सकोगे।' लड़के ने जबाव दिया, 'मुझे मामा के यहाँ छोड़ आइए। यहाँ डाल के आम खट्टे होते हैं, थोपी होती है, मुँह फदक जाता है, वहाँ पाल के आम आते हैं।'

चिरंजीव को नाई के साथ भेजकर मैंने अर्जुन और चतुरी को साँत्वना दी।

कुछ महीने और मुझे गाँव में रहना पड़ा। अर्जुन कुछ पढ़ गया। शहरों की हवा मैंने बहुत दिनों से न खाई थी–कलकत्ता, बनारस, प्रयाग आदि का सफर करते हुए लखनऊ में डेरा डाला–स्वीकृत किताबें छपवाने के विचार से। कुछ काम लखनऊ में और मिल गया। अमीनाबाद होटल में एक कमरा लेकर निश्चिन्त चित्त से साहित्य साधना करने लगा।

इन्हीं दिनों देश में आन्दोलन ज़ोरों का चला–यही, जो चतुरी आदिकों के कारण फिस्स हो गया है। होटल में रहकर, देहात से आने वाले शहरी युवक मित्रों से सुना करता था, गढ़ाकोला में भी आन्दोलन ज़ोरों पर है, छह-सात सौ तक का जो किसान लोग इस्तीफा देकर छोड़ चुके हैं, वह ज़मीन अभी तक नहीं उठी। किसान रोज इकट्ठा होकर झण्डा गीत गाया करते हैं। सालभर बाद जब आन्दोलन में प्रतिक्रिया हुई; ज़मींदारों ने दावा करना और रियाया को बिना किसी रियायत के दबाना शुरू किया, तब गाँव के नेता मेरे पास मदद के लिए आए, बोले, 'गाँव में चलकर लिखो। तुम रहोगे तो मार न पड़ेगी, लोगों को हिम्मत रहेगी। अब सख्ती हो रही है।' मैंने कहा, 'मैं कुछ पुलिस तो हूँ नहीं, जो तुम्हारी रक्षा करूँगा, फिर मार खाकर चुपचाप रहने वाला धैर्य मुझमें बहुत थोड़ा है। कहीं ऐसा न हो कि शक्ति का दुरुपयोग हो।' गाँव के नेता ने कहा, 'तुम्हें कुछ करना तो है नहीं, बस बैठे रहना है।' मैं गया।

मेरे गाँव की कांग्रेस ऐसी थी कि जिले के साथ उसका कोई तअल्लुक न था–किसी खाते में वहाँ के लोगों के नाम दर्ज़ न थे। पर काम में पुरवा डिवीजन में उससे आगे दूसरा गाँव न था। मेरे जाने के बाद पता नहीं कितनी दरख्वास्तें तो ज़मींदार साहब ने इधर-उधर लिखीं।

कच्चे रंगों से रँगा तिरंगा झण्डा महावीर स्वामी के सामने एक बड़े बाँस में गड़ा, बारिश से घुलकर धवल हो रहा था। इन दिनों मुकदमेबाजी और तहकीकात ज़ोरों से चल रही थी। कुछ किसानों पर एक साल के हरी-भूसे को तीन साल का बाक़ी बनाकर, ज़मींदार साहब ने दावे दायर किए थे, जो अपनी क्षुद्रता के कारण ज़मींदार ऑनरेरी मैजिस्ट्रेट के पास आकर किसानों की दृष्टि में और भयानक हो रहे थे। एक दिन दरख्वास्तों के फलस्वरूप शायद दरोगाजी तहकीकात करने आए। मैं मगरायर डाक देखने जा रहा था। बाहर निकला तो लोगों ने कहा, 'दारोगा जी आए हैं, अभी रहो।' आगे दरोगाजी भी मिल गए। ज़मींदार साहब ने मेरी तरफ दिखाकर अंग्रेज़ी में धीरे से कुछ कहा। तब मैं कुछ दूर था, सुना नहीं। गाँव वाले समझे नहीं, दरोगा जी झण्डे की तरफ जा रहे थे। ज़मींदार शायद उखड़वा देने के इरादे से लिये जा रहे थे।

महावीर जी के अहाते में झण्डा देखकर दरोगा जी कुछ सोचने लगे, बोले, 'यह तो मन्दिर का झण्डा है।' देखा, उसमें कोई रंग न दीख पड़ा। ज़मींदार साहब को ग़ौर से देखते हुए लौटकर डेरे की तरफ चले। ज़मींदार साहब ने बहुत समझाया कि यह बारिश से धुलकर सफेद हो गया है। लेकिन है यह कांग्रेस का झण्डा। पर दरोगा जी बुद्धिमान थे। महावीर जी के अहाते में सफेद झण्डे को उखड़वाकर वीरता प्रदर्शित करने की आज्ञा न दी। गाँव में कांग्रेस है, इसका पता न सब-डिवीजन में लगा, न जिले में; थानेदार साहब करें क्या?

उन दिनों मुझे उन्निद्र रोग था। इसलिए सिर के बाल साफ़ थे। मैंने सोचा कि वेश का अभाव है तो भाषा को प्रभावशाली करना चाहिए; नहीं तो थानेदार साहब पर अच्छी छाप न पड़ेगी। वहाँ तो महावीर स्वामी की कृपा रही, यहाँ अपनी ही सरस्वती का सहारा है। मैं ठेठ देहाती हो रहा था। थानेदार साहब ने मुझसे पूछा, 'आप कांग्रेस में हैं?' मैंने सोचा, 'इस समय राष्ट्रभाषा से राजभाषा का बढ़कर महत्त्व होगा।' कहा, 'मैं तो विश्व सभा का सदस्य हूँ।' इस सभा का नाम भी थानेदार साहब ने न सुना था। पूछा, 'यह कौन सी सभा है?' उनके जिज्ञासा भाव पर गम्भीर होकर, नोबुल पुरस्कार पाए हुए कुछ लोगों के नाम गिनाकर मैंने कहा, 'ये सब उसी सभा के सदस्य हैं।' थानेदार साहब क्या समझे; वह जानें। मुझसे पूछा, 'इस गाँव में कांग्रेस है?' मैंने सोचा, 'युधिष्ठिर की तरह सत्य की रक्षा करूँ तो असत्य-भाषण का पाप न लगेगा।' कहा, 'कहाँ इस गाँव के लोग तो कांग्रेस का मतलब भी नहीं जानते।' इतना कहके मैंने सोचा, 'अब ज़्यादा बातचीत ठीक न होगी।' उठकर खड़ा हो गया और थानेदार साहब ने कहा, 'अच्छा, मैं चलता हूँ, जरा डाकखाने में काम है। चिट्ठीरसा हफ्ते में दो ही दिन गश्त पर आता है। मेरी ज़रूरी चिट्ठियाँ होती हैं और रजिस्ट्री, अखबार, मासिक पत्र-पत्रिकाएँ आती हैं, फिर उस गाँव में हम लोगों की लाइब्रेरी भी है, जाना पड़ता है।' थानेदार साहब ने पूछा, 'कांग्रेस की चिट्ठियाँ आती हैं।' मैंने कहा, 'नहीं मेरी अपनी।' मैं चला आया। थानेदार साहब ज़मींदार साहब से शायद नाराज़ होकर गए।

इससे तो बचाव हुआ, पर मुकदमा चलता रहा। ज़मींदार ऑनरेरी मैजिस्ट्रेट ने, जिनके एक रिश्तेदार ज़मींदार की तरफ से वकील थे, किसानों पर ज़मींदार को डिग्री दे दी। बाद में चतुरी वग़ैरह की बारी आयी। दबे दायर हो गए, अब तक जो सम्मिलित धन मुकदमों में लग रहा था, सब खर्च हो गया। पहले की डिग्री में कुछ लोगों के बैल वग़ैरह नीलाम कर लिये गए। लोग घबरा गए। चतुरी को मदद की आशा न रही। गाँववालों ने चतुरी आदि के लिए दोबारा चन्दा न लगाया।

चतुरी सूखकर मेरे सामने आकर खड़ा हुआ। मैंने कहा, 'चतुरी, मैं शक्ति भर तुम्हारी मदद करूँगा।'

'तुम कहाँ तक मदद करोगे, काका?' चतुरी जैसे कुएँ में डूबता हुआ उभरा।

'तो तुम्हारा क्या इरादा है?' उसे देखते हुए मैंने पूछा।

'मुकदमा लड़ूँगा। पर गाँववाले डर गए हैं, गवाही न देंगे।' दिल से बैठा हुआ चतुरी बोला। उस परिस्थिति पर मुझे भी निराशा हुई। उसी स्वर से मैंने पूछा, 'फिर चतुरी?'

चतुरी बोला, 'फिर छिदनी-पिरकिया आदि मालिक ही ले लें।'

मैंने गाँव में कुछ पक्के गवाह ठीक कर दिए। सत्तू बाँधकर, रेल छोड़कर पैदल दस कोस उन्नाव चलकर, दूसरी पेशी के बाद पैदल ही लौटकर हँसता हुआ चतुरी बोला, 'काका, जूता और पुर वाली बात अब्दुल-अर्ज मे दर्ज़ नहीं है।'

देवी

बारह साल तक मकड़े की तरह शब्दों का जाल बुनता हुआ मैं मक्खियाँ मारता रहा। मुझे यह ख़याल था कि मैं साहित्य की रक्षा के लिए चक्रव्यूह तैयार कर रहा हूँ, इससे उसका निवेश भी सुन्दर होगा और उसकी शक्ति का संचालन भी ठीक-ठीक। पर लोगों को अपने फँस जाने का डर होता था, इसलिए इसका फल उल्टा हुआ। जब मैं उन्हें साहित्य के स्वर्ग चलने की बातें कहता था, तब वे अपने मरने की बातें सोचते थे; यह भ्रम था। इसीलिए मेरी कद्र नहीं हुई। मुझे बराबर पेट के लाले रहे। पर फाकेमस्ती में भी मैं परियों के ख़्वाब देखता रहा—इस तरह अपनी तरफ से मैं जितना लोगों को ऊँचा उठाने की कोशिश करता गया, लोग उतना मुझे उतारने पर तुले रहे, और चूँकि मैं साहित्य को नरक से स्वर्ग बना रहा था, इसीलिए मेरी दुनिया भी मुझसे दूर हो गई; अब मौत से जैसे दूसरी दुनिया में जाकर मैं उसे लाश की तरह देखता होऊँ। ''दूबर होते नहीं कबहुँ पकवान के विप्र मसान के कूकर'' की सार्थकता मैंने दूसरे मित्रों में देखी, जिनकी निगाह दूसरों की दुनिया की लाश पर थी। वे पहले फटीचर थे, पर अब अमीर हो गए हैं, दोमन्जिला मकान खड़ा कर लिया है; मोटर पर सैर करते हैं। मुझे देखते हैं जैसे मेरा-उनका नौकर-मालिक का रिश्ता हो। नक्की स्वरों में कहते हैं–''हाँ, अच्छा आदमी है, जरा सनकी है।'' फिर बड़े गहरे पैठ कर मित्रों के साथ हँसते हैं। वे उतनी दूर बढ़ गए हैं, मैं जिस रास्ते पर था, उसी पर खड़ा हूँ। जिसके लिए मेरी इतनी बदनामी हुई, दुनिया से मेरा नाम उठ जाने को हुआ, जो कुछ था, चला गया, उस कविता को जीते-जी मुझे भी छोड़ देना चाहिए जिसे लोग खुराफात समझते हैं, उसे न लिखना ही तो लोगों की समझ की सच्ची समझ होगी ? रतिशास्त्र, वनिता-विनोद, काम-कल्याण में मश्क़ करते कौन देर लगती है ?

चार किताबों की रूह छानकर एक किताब लिख दूँगा। 'सीता', 'सावित्री', 'दमयन्ती' आदि की पावन कथाएँ आँखें मूँदकर लिख सकता हूँ। तब बीवी के हाथ

'सीता' और 'सावित्री' आदि देकर बग़ल में 'चौरासी आसन' दबाने वाले दिल से नाराज़ न होंगे। उनकी इस भारतीय संस्कृति को बिगाड़ने की कोशिश करके ही बिगड़ा हूँ। अब ज़रूर सँभलूँगा। राम, श्याम जो-जो थे पुजने-पुजाने वाले सब बड़े आदमी थे। बग़ैर बड़प्पन के तारीफ़ कैसी ? बिना राजा हुए राजर्षि होने की गुंजाइश नहीं, न ब्राह्मण हुए बग़ैर बह्मार्षि होने की है। वैश्यर्षि या शूद्रर्षि कोई था, इतिहास नहीं; शास्त्रों में भी प्रमाण नहीं; अर्थात् नहीं हो सकता। बात यह कि बड़प्पन चाहिए। बड़ा राज्य, बड़ा ऐश्ववर्य, बड़े पोथे, तोप-तलवार गोले-बारूद, बन्दूक किर्च रेल तार, जंगी जहाज़-टारपेडो, माइन-सबमेरीन-गैस, पल्टन-पुलिस, अट्टालिका-उपवन आदि-आदि सब बड़े-बड़े इतने कि वहाँ तक आँख नहीं फैलती, इसलिए कि छोटे समझें वे कितने छोटे हैं। चन्द्र, सूर्य, वरुण, कुबेर, यम, जयन्त, इन्द्र, ब्रह्मा, विष्णु, महेश तक बाक़ायदा बाहिसाब ईश्वर के यहाँ भी छोटे से बड़े तक मेल मिला हुआ है।

होटल के बरामदे में एक आरामकुर्सी पर पैर फैलाकर लेटा हुआ इस तरह के विचारों से मैं अपनी क़िस्मत ठोंक रहा था। चूँकि यह तैयारी के बाद का भाषण न था इसलिए इसके भाव में बेभाव की बहुत पड़ी होंगी, आप लोग सँभाल लीजिएगा। बड़े होने के ख़्याल से ही मेरी नसें तन गईं और नाममात्र के अद्भुत प्रभाव से मैं उठ कर रीढ़ सीधी कर बैठ गया। सड़क की तरफ बड़े गर्व से देखा जैसे कुछ कसर रहने पर भी बहुत कुछ बड़ा आदमी बन गया होऊँ। मेरी नज़र एक स्त्री पर पड़ी।

वह रास्ते के किनारे पर बैठी हुई थी एक फटी धोती पहने हुए। बाल काटे हुए। तअज्जुब की निगाह से आने-जाने वालों को देख रही थी। तमाम चेहरे पर स्याही फिरी हुई। भीतर से एक बड़ी तेज भावना निकल रही थी, जिसमें साफ़ लिखा था- "यह क्या है ?" उम्र पच्चीस साल से कम। दोनों स्तन खुले हुए। प्रकृति की मारों से लड़ती हुई, मुरझाकर, मुमकिन किसी को पच्चीस साल से कुछ ज़्यादा जँचे। पास एक लड़का डेढ़ साल का खेलता हुआ। संसार को स्त्रियों की एक भी भावना नहीं। उसे देखते ही मेरे बड़प्पन वाले भाव उसी में समा गए, और फिर वही छुटपन सवार हो गया। मैं इसी की चिन्ता करने लगा–"यह कौन है, हिन्दू या मुसलमान? इसके एक बच्चा भी है। पर इन दोनों का भविष्य क्या होगा? बच्चे की शिक्षा, परवरिश क्या इसी तरह रास्ते पर होगी ? यह क्या सोचती होगी ईश्वर, संसार, धर्म और मनुष्यता के सम्बन्ध में ?

इसी समय होटल के नौकर को मैंने बुलाया। उसका नाम है संगमलाल। मैं उसे संग-मलाल कहकर पुकारता था। आने पर मैंने उससे उस स्त्री की बाबत पूछा। संगमलाल मुझे देखकर मुस्कराया, बोला, "वह तो पागल है, और गूँगी भी है बाबू। आप लोगों की थालियों से बची रोटियाँ दे दी जाती हैं।" कहकर हँसता हुआ बात को अनावश्यक जानकर अपने काम पर चला गया।

मेरी बड़प्पन वाली भावना को इस स्त्री के भाव ने पूरा-पूरा परास्त कर दिया। मैं बड़ा भी हो जाऊँ मगर इस स्त्री के लिए कोई उम्मीद नहीं। इसकी क़िस्मत पलट नहीं सकती। ज्योतिष का सुख-दुःख चक्र इसके जीवन में अचल हो गया है। सहते-सहते अब दुःख का अस्तित्व इसके पास न होगा। पेड़ की छाँह या किसी खाली बरामदे में दोपहर की लू में, ऐसे ही एकटक कभी-कभी आकाश को बैठी हुई देख लेती होगी। मुमकिन, इसके बच्चे की हँसी उस समय इसे ठण्डक पहुँचाती हो। आज तक कितने वर्षा, शीत, ग्रीष्म इसने झेले हैं, पता नहीं। लोग नेपोलियन की वीरता की प्रशंसा करते हैं। पर यह कितनी बड़ी शक्ति है, कोई नहीं सोचता। सब इसे पगली कहते हैं, पर इसके इस परिवर्तन के क्या वही लोग कारण नहीं ? किसे क्या देकर, किससे क्या लेकर लोग बनते-बिगड़ते हैं, ये सूक्ष्म बातें कौन समझा सकता है ? यह पगली भी क्या अपने बच्चे की तरह रास्ते पर पली है ? सम्भव है, सिर्फ़ गूँगी रही हो, विवाह के बाद निकाल दी गई हो, या ख़ुद तकलीफ पाने पर निकल आयी हो, और यह बच्चा रास्ते के ख्वाहिशमन्द का सुबूत हो।

मैं देख रहा था, ऊपर के धुएँ के नीचे दीपक की शिखा की तरह पगली के भीतर की परी इस संसार को छोड़कर कहीं उड़ जाने की उड़ान भर रही थी। वह साँवली थी, दुनिया की आँखों को लुभाने वाला उसमें कुछ न था, जो लोग उसकी रुखाई की ओर रुख न कर सकते थे, पर मेरी आँखों को उसमें वह रूप देख पड़ा, जिसे मैं कल्पना में लाकर साहित्य में लिखता हूँ। केवल वह रूप नहीं, भाव भी। इस मौन महिमा, आकार-इंगितों की बड़े-बड़े कवियों ने कल्पना न की होगी। भाव-भाषण मैंने पढ़ा था, दर्शनशास्त्रों में मानसिक सूक्ष्मता के विश्लेषण देखे थे, रंगमंच पर रवीन्द्रनाथ का किया अभिनय भी देखा था, ख़ुद भी गद्य-पद्य में थोड़ा बहुत लिखा था चिड़ियों तथा जानवरों की बोली बोलकर उन्हें बुलानेवालों की भी करामात देखी थी; पर वह सब कृत्रिम था, यहाँ सब प्राकृत। यहाँ माँ-बेटे के मनोभाव कितनी सूक्ष्म व्यंजना से संचारित होते थे, क्या लिखूँ। डेढ़-दो साल के कमज़ोर बच्चे को माँ मूक भाषा सिखा रही थी आप जानते हैं, वह गूँगी थी। बच्चा माँ को कुछ कहकर न

पुकारता था, केवल एक नज़र देखता था जिसके, भाव में वह माँ को क्या कहता था, आप समझिए; उसकी माँ समझती थी; तो क्या वह पागल और गूँगी थी ?

पगली का ध्यान ही मेरा ज्ञान हो गया। उसे देखकर मुझे बार-बार महाशक्ति की याद आने लगी। महाशक्ति का प्रत्यक्ष रूप, संसार का इससे बढ़कर ज्ञान देने वाला और कौन-सा होगा ? राम, श्याम और संसार के बड़े-बड़े लोगों का स्वप्न सब इस प्रभात की किरणों में दूर हो गया। बड़ी-बड़ी सभ्यता, बड़े-बड़े शिक्षालय चूर्ण हो गये। मस्तिष्क को घेरकर केवल यही महाशक्ति अपनी महत्ता में स्थित हो गई। उसके बच्चे में भारत का सच्चा रूप देखा, और उसमें क्या कहूँ, क्या देखा।

देश में शुल्क लेकर शिक्षा देने वाले बड़े-बड़े विश्वविद्यालय हैं। पर इस बच्चे का क्या होगा ? इसके भी माँ है। वह देश की सहानुभूति का कितना अंश पाती है? हमारी थाली की बची रोटियाँ, जो कल तक कुत्तों को दी जाती हैं। यही, यही हमारी सच्ची दशा का चित्र है। यह माँ अपने बच्चे को लेकर राह पर बैठी हुई धर्म, विज्ञान, राजनीति, समाज जिस विषय को भी मनुष्य होकर मनुष्यों ने आज तक अपनाया है, उसी की भिन्न, रुचिवाले पथिक को शिक्षा दे रही है–पर कुछ कहकर नहीं। कितने आदमी समझते हैं। यही न समझना संसार है–बार-बार वह यही कहती है। उसकी आत्मा से यही ध्वनि निकलती है–संसार ने उसे जगह नहीं दी–उसे नहीं समझा; पर संसारियों की तरह वह भी है–उसके भी बच्चा है।

एक रोज मैंने देखा, नेता का जुलूस उसी रास्ते से जा रहा था। हजारों आदमी इकट्ठा थे। जय-जयकार से आकाश गूँज रहा था। मैं उसी बरामदे पर खड़ा स्वागत देख रहा था। पगली भी उठ कर खड़ी हो गई थी। बड़े आश्चर्य से लोगों को देख रही थी। रास्ते पर इतनी बड़ी भीड़ उसने नहीं देखी। मुँह फैलाकर, भौंहे सिकोड़कर आँखों की पूरी ताकत से देख रही थी–समझना चाहती थी, वह क्या था। क्या समझी, आप समझते हैं ? भीड़ में उसका बच्चा कुचल गया और रो उठा। पगली बच्चे की गर्द झाड़कर चुमकारने लगी, और फिर कैसी ज्वालामयी दृष्टि से जनता को देखा ! मैं यही समझता हूँ। नेता दस हजार की थैली लेकर ग़रीबों के उपकार के लिए चले गए–ज़रूरी-ज़रूरी कामों में ख़र्च करेंगे।

एक दिन पगली के पास एक रामायणी समाज में कथा हो रही थी। मैंने देखा, बहुत से भक्त एकत्र थे। एतवार का दिन। दो बजे साहित्य-सम्राट् गो. तुलसीदास की रामायण का पाठ शुरू हुआ, पाँच बजे समाप्त। उसमें हिन्दुओं के मँजे स्वभाव को साहित्य-सम्राट् गो. तुलसीदासजी ने और माँज दिया है, आप लोग जानते हैं।

पाठ सुनकर, मँजकर भक्त-मंडली चली। दुबली-पतली ऐश्वर्य-श्री से रहित पगली बच्चे के साथ बैठी हुई मिली। एक ने कहा, इसी संसार में स्वर्ग और नरक देख लो। दूसरे ने कहा, कर्म के दण्ड हैं। तीसरा बोला, सकल पदारथ हैं जग माहीं; कर्म हीन नर पावत नाहीं। सब लोग पगली को देखते शास्त्रार्थ करते चले गए।

संगललाल ने मुझसे कहा, बाबू, यह मुसलमान है। मैंने उससे पूछा, तुम्हें कैसे मालूम हुआ। उसने बतलाया, लोग ऐसा ही कहते हैं कि पहले यह हिन्दू थी, फिर मुसलमान हो गई, इसका बच्चा मुसलमान से पैदा हुआ है; पहले यह पागल नहीं थी, न गूँगी; बाद को हो गई। मैंने सुन लिया। संगम ने किस ख़याल से कहा, मैं सोच रहा था। उन दिनों कई आदमियों से बातें करते हुए मैंने पहली का जिक्र किया; साहित्य, राजनीति आदि कई विषयों के आदर्श पर बहस थी; कुछ हँसकर चले गए, कुछ गम्भीर होकर और कुछ-कुछ पैसे उसे देने के लिए देकर।

मैंने हिन्दू, मुसलमान, बड़े-बड़े पदाधिकारी, राजा, रईस सबको उस रास्ते से जाते समय पगली को देखते हुए देखा। पर किसी ने दिल से भी उसकी तरफ देखा, ऐसा नहीं देखा। जिन्हें अपने को देखने-दिखाने की आदत पड़ गई है, उनकी दृष्टि में दूसरे की सिर्फ़ तस्वीर आती है, भाव नहीं; यह दर्शन मुझे मालूम था। ज़िन्दा को मुर्दा और मुर्दा को ज़िन्दा समझना भ्रम भी है और ज्ञान भी; बाड़ियों में आदमी का पुतला देखकर हिरन और स्यार ज़िन्दा आदमी समझते हैं; उसी तरह ज्ञान होने पर गिलहरियाँ बदन पर चढ़ती हैं–आदमी उन्हें पत्थर जान पड़ता है। ऊपर वाले आदमी पगली को देखते हुए किस कोटि में जाते थे, भगवान जानें !

एक दिन शहर में पल्टन का प्रदर्शन हो रहा था। पगली फुटपाथ पर बैठी थी। मैं इसी बरामदे पर नंगे-बदन खड़ा सिपाहियों को देख रहा था। मेरी तरफ देख-देखकर कितनी सिपाही मुस्कराए। मेरे बालों के बाद मुँह की तरफ देखकर लोग मिस-फ़ैशन कहते हैं। थिएटर, सिनेमा में यह सम्बोधन दशाधिक बार एक ही रोज सुनने को मिला है। रास्ते पर भी छेड़खानी होती है। मैं कुछ बोलता नहीं। क्योंकि सबसे अच्छा जवाब है बालों को कटा देना। पर ऐसा करूँ तो मुझे दूसरे की समझ की खुराक न मिले। मैं सोचता हूँ, आवाज़ कसनेवालों पर एक हाथ रक्खूँ, तो छठी का दूध याद आ जाय, यह वे नहीं देखते। मैं समझ गया सिपाही भी मिस-फ़ैशन से ख़ुश होकर हँस रहे हैं। लत तो है। मेरे ग्रीक-कट पाँच फुट साढ़े ग्यारह इन्च लम्बे ज़रूरत से ज़्यादा चौड़े और चढ़े मोढ़ों के कसरती बदन को देखकर किसी को आतंक नहीं हुआ। इसका एक निश्चय कर मैं पगली की तरफ देखने लगा। पगली बैठी थी।

सिपाही मिलिटरी ढंग से लेफ्ट-राइट लेफ्ट-राइट, दुरुस्त दर्प से जितना ही पृथ्वी को दहलाते हुए चल रहे थे, पगली उतना ही उन्हें देख-देखकर हँस रही थी। गोरे गम्भीर हो जाते थे। मैंने सोचा मेरा बदला इसने चुका लिया। पगली ने ख़ुशी में अपने बच्चे को भी शरीक करने की कोशिश की-अच्छी चीज़, अच्छी तालीम बच्चे को देती है। पगली पास बैठे बच्चे की ओर देखकर चुटकी बजाकर सिपाहियों की तरफ उँगली से हवा को कोंच-कोंचकर दिखा रही थी और हँसती हुई जैसे कह रही थी–"ख़ुश तो हो ? कैसा अच्छा दृश्य है !"

कई महीने हो चुके। आदान-प्रदान से पगली की मेरी गहरी जान-पहचान हो गई। पगली मुझे अपनी शरीर-रक्षक समझने लगी। उसे लड़के बहुत तंग करते थे। मैं वहाँ होता था तो विचित्र ढंग से मुँह बनाकर मुझसे सहानुभूति की कामना करती हुई अपार करुणा से देखती हुई लड़कों की तरफ इशारा करती थी। मुझे देखकर लड़के भग जाते थे। इस तरह मेरी-उसकी घनिष्ठता बढ़ गई। वह मुझे अपना परम हितकारी मानने लगी। मैं ख़ुद भी पैसा देता था, पगली यह समझती थी। एक दिन मुझे मालूम हुआ उसके पैसे बदमाश रात को छीन ले जाते हैं। यह मनुष्यों का विश्व-व्यापी धर्म सोचकर मैं चुप हो गया। चुरा जाने पर पगली भूल जाती थी, छिन जाने पर, कम प्रकाश में किसी को न पहचान कर रो लेती थी।

एक दिन मेरे एक मित्र ने पगली से मज़ाक किया। किसी ने उन्हें बतलाया था कि इसके पास बड़ा माल है। मिट्टी में गाड़-गाड़कर इसने बड़े पैसे इकट्ठे किए हैं। मेरे मित्र पगली के पास गए और मुस्कुराते हुए ब्याज वाली बात समझाकर दो रुपये उधार माँगे। उनकी बात सुनकर पगली जी खोलकर हँसी, फिर कमर से तीन पैसे निकालकर निःसंकोच देने लगी।

गरमी की तेज़ लू और बरसात की तीव्र धार पगली और उसके बच्चे के ऊपर से पार हो गई। लोग–जो समर्थ कहलाते हैं–केवल देखते रहे। पास एक खाली मकान के बरामदे में पानी बरसने पर वह आश्रय लेती थी। जब तक वह उठ कर जाय-जाय तब तक उसका बिस्तरा भीग जाता था, वह भी नहा जाती थी। फिर उसी गली में पड़ी रहती। उसका स्वास्थ्य धीरे-धीरे टूटने लगा। उसे तपस्या करने की आदत थी, काम करने की नहीं। उसके हाथ-पैर बैठे-बैठे जकड़ गए थे। पानी पीने के लिए रास्ते के उस पार जाना पड़ता था। पानी की कल उसी तरफ थी। इस पार से उस पार तक इतना रास्ता पार करते उसे आधे घण्टे से ज़्यादा लग जाता था। एक फर्लांग पर कोई एक्का या ताँगा आता होता, तो पगली खड़ी हुई उसके निकल जाने की प्रतीक्षा करती रहती। उसकी मुद्राएँ देखकर कोई मनुष्य समझ जाता कि

उस एक्के या ताँगे से दब जाने का उसे डर हो रहा है। साधारण आदमी तब तक चार बार रास्ता पार करता। एक एक्का निकल जाता, फिर दूसरा आता हुआ देख पड़ता। पगली अपनी जगह जमी हुई चलने के लिए दो एक दफे झूमकर रह जाती। उसकी मुखमुद्रा ऐसी विरक्ति सूचित करती थी–वह इतनी खुली भाषा थी कि कोई भी उसे समझ लेता कि वह कहती है, ''यह सड़क क्या मोटर ताँगे-एक्के वालों के लिए ही है ? इन्हें देखकर मैं खड़ी होऊँ, मुझे देखकर ये क्यों न खड़े हों ?' बड़ी देर बाद पगली को रास्ता पार करने का मौका मिलता। तब तक उसकी प्यास कितनी बढ़ती थी, सोचिए।

एक दिन हम लोग ब्लैक कुइन खेल रहे थे। शाम को पानी बरस चुका था। पगली उसी खाली मकान के बरामदे पर थी। हम लोगों ने खाना खाकर खेल शुरू किया था। होटल के गेट की बिजली जल रही थी। फुटपाथ पर मेज और कुर्सियाँ डाल दी गई थीं। दस बज चुके थे। बच्चे को सुलाकर पगली किसी ज़रूरत से बाहर गई थी। उसका बच्चा सोता हुआ करवट बदलकर दो हाथ ऊँचे बरामदे से नीचे फुटपाथ पर आ गिरा, और ज़ोर से चीख उठा। मेरे साथ के खिलाड़ी आलोचना करने लगे, ''जान पड़ता है पगली कहीं गई है, नहीं है।'' होटल के अमीर-दिल बोर्डर ने संगम से कहा, 'देख रे, पगली कहीं हो, तो बुला तो दे।''

इनकी बातचीत में वह भाव था, जिसके चाबुक ने मुझे उठने को विवश कर दिया। मैंने उस बच्चे को दौड़कर उठा लिया। मेरे एक मित्र ने कहा, ''अरे यह गन्दा रहता है।'' मैं गोद में लेकर उसे हिलाने लगा। उतनी चोट खाया हुआ बच्चा चुप हो गया, क्योंकि इतना आराम उसे कभी नहीं मिला। उसकी माँ इस तरह बच्चे को सुख के झूले में झुलाना नहीं जानती। जानती भी हो, तो उसमें शक्ति नहीं। बच्चे को आँखों के प्यार से गोद का सुख ज़्यादा प्यारा है। इसे इस तरह की मारें बहुत मिली होंगी, पर इस तरह का सुख एक बार भी न मिला होगा। इसलिए वह चोट की पीड़ा भूल गया, और सुख की गोद में पलकें मूँदकर बात-की-बात में सो गया। मैंने उसे फिर उसकी जगह पर सावधानी से सुला दिया।

अब धीरे-धीरे जाड़ा पड़ने लगा था। मेरे मित्र श्रीयुत नैथाणी ने कहा, ''एक रोज पगली का बच्चा गिर गया था। आपने गोद में उठा लिया था। दीवान साहब तब जग रहे थे, मुझे भी देखने को जगा दिया।'' मैं चुप रहा। मन में कहा, ''यह कोई बड़ी बात तो थी नहीं, बुद्ध एक बकरे के लिए जान दे रहे थे। जब हममें बड़ी-बड़ी बातें पैदा होंगी, तब हम इन बातों की छुटाई समझेंगे। आज तो तरीक़ उल्टा है। जिसकी पूजा होनी चाहिए, वह नहीं पुजता, जो कुछ पुजता है वही अधिक पुजने लगता है।''

जाड़ा ज़ोरों का पड़ने लगा। एक रोज रात बारह बजे के करीब रास्ते से पिल्ले की-सी कूँ-कूँ सुन पड़ी। मैं एक कहानी समाप्त करके सोने का उपक्रम कर रहा था। होटल में और सब लोग सो चुके थे। मैं नीचे रास्ते के सामने वाले कमरे में रहता था। होटल का दरवाजा बन्द हो चुका था। पर मैं अपना दरवाजा खोलकर बाहर गया। देखता हूँ, एक पाया हुआ मामूली काला कम्बल ओढ़े बच्चे को लिए पगली फुटपाथ पर पड़ी है। जब उसे दुनिया का अपने आस्तित्व का ज्ञान होता है, तब हाड़ तक छिद जाने वाले जाड़े से काँपकर वह ऐसे करुण स्वर से रोती है। ज़मीन पर एक फटी-पुरानी ओस से भीगी कथरी बिछी, ऊपर पतला कम्बल। ईश्वर ने मुझे केवल देखने के लिए पैदा किया है। मेरे पास जो ओढ़ना है वह मेरे लिए भी ऐसा नहीं कि खुली जगह सो सकूँ। पुराने कपड़े होटल के नौकर माँग लेते हैं–मथुरा मेरा कुर्ता जो उसके अचकन की तरह होता है, बाँहें काटकर रात को पहनकर सोता है, संगम मेरी धोती से अपनी धोती साँटकर ओढ़ता है, महाराज ने राखी बाँधकर कम्बल माँगा था अभी तक मैं नहीं दे सका। मैं सोचने लगा यह कम्बल पगली को किसने दिया होगा? याद आया, सामने के धनी बंगाली-घराने की महिलाएँ बड़ी दयालु हैं, कभी-कभी पगली को धोती और उसके लड़के को अँग्रेजी फ्राक पहना देती थीं–उन्हीं ने दिया होगा। ऐसे ही विचार में मेरी आँख लग गई।

होटल के मालिक से नाराज़ होकर, गुट्ट बाँधकर एक रोज बारह-तेरह बोर्डर निकल गए। सब विद्यार्थी थे। मुझे मानते ते। कुछ कैनिंग कॉलेज के थे, कुछ क्रिश्चियन कॉलेज के। मुझसे उनके प्रमुख दो लॉ-क्लास के विद्यार्थीयों ने आकर कहा, ''जनाब, ऐसा तो हो नहीं सकता कि हम उस महीने का खर्च यहाँ देकर, वहाँ पेशगी फिर एक महीने का खर्च दें-धीरे-धीरे प्रोप्राइटर को रुपए दे देंगे, हमारे पास घर से खर्च तो एक ही महीने का आता है, अब वहाँ जाकर लिखेंगे, खर्च आएगा, तब देंगे। होटल छोड़ने के लिए कई बार हम लोगों से मैनेजर कह चुके हैं। बीच में छोड़ दिया, तो हम कहीं के न हुए। इम्तहान सिर पर है। हमने पहले से अपना इंतजाम कर लिया।'' मुझे ख़याल आया, अब पगली की रोटियाँ भी गईं। वह अब चल भी नहीं सकती कि दूसरी जगह से माँग लाए। विद्यार्थी मन में यह सोचते हुए गए। (अब मालूम हो रहा है) कि जैसा सड़ा खाना खिलाया है, दामों के लिए वैसे ही सड़क पर चक्कर खिलवाएँगे।

उनके जाने से होटल सूना हो गया। निश्चय हुआ कि इस महीने बाद बन्द कर दिया जाएगा। संगम मेरे पास उस जाड़े में मेरी दी हुई एक बनियानी पहने हुए मुट्ठियाँ दोनों बगलों में दबाए संसार का एक्स (X) बना हुआ सुबह-सुबह आकर

बोला, ''बाबू जी, मेरी दो महीने की तनखाह बाक़ी है, आप दस रुपया काटकर मैनेजर साहब को बिल चुकाइएगा।'' मैंने उसे धैर्य दिया। दस रुपए की कल्पना से गलकर हँसता हुआ बड़े मित्र-भाव से संगम मुझे देखने लगा। मैंने देखा, हँसते वक़्त उसका मुँह नवयुवतियों की आँखों को मात कर कानों तक फैला गया है।

दो-तीन दिन बाद एक मकान किराए पर लेकर मैनेजर को अपनी बेयरर चेक दस्तखत करके देने से पहले मैंने कहा, ''आपको चेक दिलवाने के लिए गंगा-पुस्तकमाला जाता हूँ, चेक में दस रुपए कम होंगे, संगम की दो महीने की तनख्वाह बाक़ी है। उसने कहा, मेरे रुपए रोककर होटल को रुपए दीजिएगा।'' मैनेजर यानी प्रोप्राइटर साहब ने संगम को बुलाया। कहा, ''क्यों रे, तू हमें बेईमान समझता है?'' संगम सिटपिटा गया, मारे डर के उसकी जबान बन्द हो गई। मैनेजर साहब उसे घूरकर मेरी ओर देखकर बोले, ''आप मुझे ही रुपए दीजिएगा, नौकरों की इस तरह आदत बिगड़ जाएगी।'' मैं सत्तर रुपए का चेक मैनेजर साहब को देकर किराए के दूसरे मकान में चला आया। मेरे साथ मेरे मित्र कुँअर साहब भी आए।

एक रोज पगली का हाल सुनकर उनके मामा साहब एक नफीस बारीक कम्बल पगली को देने के लिए दे गए। मैंने कुँअर साहब से कहा, "रजाई ठीक थी, इससे क़ीमत में भी ज़्यादा नहीं होगी, और पगली का जाड़ा भी छूट जाएगा।" कुँअर साहब अपनी रज़ाई देने के लिए देकर बड़े दिन की छुट्टियों में घर गए। मैं रज़ाई लेकर पगली को उढ़ा आया। दो-तीन दिन बाद मेरे मित्र श्रीयुत नैथाणी मिले। कहा, "पगली अस्पताल भेज दी गई। डॉक्टर का कहना है, उसे डबल निमोनिया हो गया है। बचेगी नहीं। उसका बच्चा श्रीदयानन्द अनाथालय भेज दिया गया है। पगली बच्चे को छोड़ती न थी। पगली को ले जाने वाले एक्के की बगल से निकलती हुई मोटर के धक्के से एक स्वयंसेवक के पैर में सख्त चोट आ गई है, इसी ने सबसे पहले गन्दगी से न डरकर पगली को उठाया था!"

एक रोज सुबह उसी तरह बगल में मुट्ठी दबाए हुए संगम ने आकर कहा, "बाबू, आपका चेक भुनाकर मैनेजर साहब भग गए हैं।"

"नहीं, संगम," मैंने समझाया, "मैनेजर साहब बड़े अच्छे आदमी हैं। घर रुपए लेने गए हैं। उन्हें कई सौ रुपए देने हैं–लकड़ी, घी, आटा, दूध और किराए के। लौटकर रुपए दे देंगे।" संगम वैसा ही फिर हँसा।

सुकुल की बीवी

बहुत दिनों की बात है। तब मैं लगातार साहित्य-समुद्रमन्थन कर रहा था। पर निकल रहा था केवल गरल। पान करने वाले अकेले महादेव बाबू ('मतवाला' सम्पादक)। –शीघ्र रत्न और रम्भा के निकलने की आश से अविराम मुझे मथते जाने की सलाह दे रहे थे। यद्यपि विष की ज्वाला महादेव बाबू की अपेक्षा मुझे ही अधिक जला रही थी, फिर भी मुझे एक आश्वासन था कि महादेव बाबू को मेरी शक्ति पर मुझसे भी अधिक विश्वास है। इसी पर वेदान्त-विषयक नीरस एक साम्प्रदायिक पत्र का सम्पादन-भार छोड़ कर मनसा-वाचा-कर्मणा सरस कविता-कुमारी की उपासना में लगा। इस चिरन्तन का कुछ ही महीने में फल प्रत्यक्ष हुआ; साहित्य-सम्राट् गोस्वामी तुलसीदास जी को मदन-दहन-समयवाली दर्शन-सत्य उक्ति हेच मालूम दी, क्योंकि गोस्वामीजी ने, उस समय, दो ही दण्ड के लिए, कहा है–'अबला बिलोकहिं परुषमय अरु पुरुष सब अबलामयम्।' पर मैं घोर सुषुप्ति के समय को छोड़ कर, बाक़ी स्वप्न और जाग्रत के समस्त दण्ड, ब्रह्माण्ड को अबालमय देखता था।

इसी समय दरबान से मेरा नाम लेकर किसी ने पूछा–''है''?

मैने जैसे वीणा-झंकार सुनी। सारी देह पुलकित हो गई, जैसे प्रसन्न हो कर पीयूषवर्षी कण्ठ से साक्षात् कविता-कुमारी ने पुकारा हो, बड़े अपनाव से मेरा नाम ले कर। एक साथ कालिदास, शेक्सपियर, बंकिमचन्द्र और रवीन्द्रनाथ की नायिकाएँ दृष्टि के सामने उतर आयीं। आप ही एक निश्चय बँध गया–यह वही हैं, जिन्हें कल कार्नवालिस एस्क्वायर पर देखा था–टहल रही थीं। मुझे देख कर पलकें झुका ली थीं। कैसी आँखें वे !–उनमें कितनी बातें !–मेरे दिल के साफ़ आइने में सच्ची तस्वीर उतर आयी थी, और मैं वायु-वेग से उनकी बगल से निकलता हुआ, उन्हें समझा आया था कि मैं एक अत्यन्त सुशील, सभ्य, शिक्षित और सच्चरित्र युवक हूँ। बाहर आ कर गेट पर एक मोटर गाड़ी देखी थी। ज़रूर वह उन्हीं की मोटर थी। उन्होंने

ड्राइवर से मेरा पीछा करने के लिए कहा होगा। उससे पता मालूम कर, नाम जान कर, मिलने आयी हैं। अवश्य यह बेथून-कालेज की छात्रा हैं। उसी के समान मिली थीं। कविता से प्रेम होगा। मेरे छन्द की स्वच्छंता कुछ आयी होगी इनकी समझ में, तभी बाक़ी समझने के लिए आयी है।

उठ कर जाना अपमानजनक जान पड़ा। वहीं से दरबान को ले जाने की आज्ञा दी।

अपना नंगा बदन याद आया। ढकता, कोई कपड़ा न था। कल्पना में सजने के तरह-तरह के सूट याद आये, पर, वास्तव में, दो मैंले कुर्त्ते थे। बड़ा गुस्सा लगा, प्रकाशकों पर। कहा, नीच हैं, लेखकों की कद्र नहीं करते। उठकर मुन्शी जी के कमरे में गया, उनकी रेशमी चादर उठा लाया। कायदे से गले में डाल कर देखा, फबती है या नहीं। जीने से आहट नहीं मिल रही थी, देर तक कान लगाये बैठा रहा। बालों कि याद आयी-उकस न गये हों। जल्द-जल्द आयीना उठाया। एक बार मुँह देखा, कई बार आँखें सामने रेल-रेल कर। फिर शीशा बिस्तरे के नीचे दबा दिया। शॉ की 'गेटिंग मैरेड़' सामने करके रख दी। डिक्शनरी की सहायता से अन्दर छिपा दी। फिर तन कर गम्भीर मुद्रा से बैठा।

आगंतुकों को दूसरी मन्जिल पर आना था। जीना गेट से दूर था।

फिर भी देर हो रही थी। उठकर कुछ कदम बढ़ा कर देखा, बचपन के मित्र मिस्टर सुकुल आ रहे थे।

बड़ा बुरा लगा, यद्यपि कई साल बाद की मुलाकात थी कृत्रिम हँसी से होंठ रंग कर उनका हाथ पकड़ा, और ला कर उन्हें बिस्तरे पर बैठाया।

बैठने के साथ ही सुकुल ने कहा–''श्रीमतीजी आयी हुई हैं।''

मेरी रूखी ज़मीन पर आषाढ़ का पहला दौगरा गिरा। प्रसन्न हो कर कहा- ''अकेली हैं, रास्ता नहीं जाना हुआ, तुम भी छोड़ कर चले आये, बैठो तब तक, मैं लिवा लाऊँ-तुम लोग देवियों की इज्जत करना नहीं जानते।''

सुकुल मुस्कराये, कहा–''रास्ता न मालूम होने पर निकाल लेंगी–गैज्युएट है, आफिस में 'मतवाला' की प्रतियाँ खरीद रही हैं। तुम्हारी कुछ रचनाएँ पढ़ कर–ख़ुश हो कर।''

मैं चल न सका। गर्व को दबा कर बैठ गया। मन में सोचा, कवि की कल्पना झूठ नहीं होती। कहा भी है, 'जहाँ न जाय रवि, वहाँ जाय कवि।'

कुछ देर चुपचाप गम्भीर बैठा रहा। फिर पूछा, ''हिन्दी काफ़ी अच्छी होगी इनकी ?''

"हाँ," सुकुल ने विश्वास के स्वर से कहा–"ग्रैज्युएट हैं।"

बड़ी श्रद्धा हुई। ऐसी ग्रेज्युएट देवियों से देश का उद्धार हो सकता है, सोचा। निश्चय किया, अच्छी चीज़ का पुरस्कार समय देता है। ऐसी देवी के दर्शनों की उतावली बढ़ चली, पर सभ्यता के विचार से बैठा रहा, ध्यान में उनकी अदृष्ट मूर्ति को भिन्न प्रकार से देखता हुआ।

एक बार होश में आया, सुकुल को धन्यवाद दिया।

सुकुल का परिचय आवश्यक है। सुकुल मेरे स्कूल के दोस्त हैं, साथ पढ़े। उन लड़कों में थे, जिनका यह सिद्धान्त होता है, कि सर कट जाय, चोटी न कटे। मेरी समझ में सर और चोटी की तुलना नहीं आयी; मैं सोचता था, पूँछ कट जाने पर जन्तु जीता है, पर जन्तु कट जाने पर पूँछ नहीं जीती; पूँछ में फिर भी खाल है, खून है, हाड़ ओर मांस है, पर चोटी सिर्फ़ बालों की है, बालों के साथ कोई देहात्मबोध नहीं। सुकुल-जैसे चोटी के एकान्त उपा-सकों से चोटी की आध्यात्मिक व्याख्या कई बार सुनी थी, पर सग्रन्थि बालों के वस्त्र में आध्यात्मिक इलेक्ट्रिसिटी का प्रकाश न मुझे कभी देख पड़ा, न मेरी समझ में आया। फलत: सुकुल की और मेरी अलग-अलग टोलियाँ हुई। उनको टोली में वे हिन्दू-लड़के थे, जो अपने को धर्म की रक्षा के लिये आया हुआ समभते थे, मेरी में वे लड़के, जो मित्र को धर्म से बड़ा मानते हैं, अत: हिन्दू, मुसलमान, क्रिस्तान, सभी। हम लोगों के मैदान भी अलग-अलग थे। सुकुल का खेल अलग होता था, मेरा अलग। कभी-कभी मैं मित्रों के साथ सलाह करके सुकुल की हाकी देखने जाता था, और सहर्ष, सुविस्मय, सप्रशंस, सक्लैप और सनयन–विस्तार देखता था। सुकुल की पार्टी-की-पार्टी की चोटियाँ, स्टिक बनी हुई, प्रतिपद-गति की ताल-ताल पर, सर-सर से हाकी खेलती हैं। वली मुहम्मद कहता था, जब ये लोग हाकी में नाचते हैं, तो चोटियाँ सर पर ठेका लगाती हैं। फिलिप कहता था, See, the Hunter of the East has caught the Hindoos' in a noose of hair. (देखो, पूरव के शिकारी ने हिन्दुओं के सर को बालों के फँदे में फँसा लिया है)। इस तरह शिखा-विस्तार के साथ-साथ सुकुल का शिक्षा-विस्तार होता रहा। किसी से लड़ाई होने पर सुकुल चोटी की ग्रन्थि खोल कर, बालों को पकड़ कर ऊपर उठाते हुए कहते थे, मैं चाणक्य के वंश का हूँ।

धीरे-धीरे प्रवेशिका-परीक्षा के दिन आए। सुकुल की आँखें रक्त मुकुल हो रही थीं। एक लड़के ने कहा, सुकुल बहुत पढ़ता है; रात को खुँटी से बँधी हुई एक रस्सी से चोटी बाँध देता है, ऊँघने लगता है, तो झटका लगता है, जग कर फिर पढ़ने लगता है। चोटी की एक उपयोगिता मेरी समझ में आयी।

मैं कवि हो चला था। फलतः पढ़ने की आवश्यकता न थी। प्रकृति की शोभा देखता था। कभी-कभी लड़कों को समझाता भी था कि इतनी बड़ी किताब सामने पड़ी है, लड़के पास होने के लिये सर के बल हो रहे हैं, वे उद्भिद्–कोटि के हैं। लड़के अवाक् दृष्टि से मुझे देखते रहते थे, मेरी बात का लोहा मानते हुए।

पर मेरा भाव बहुत दिनों तक नहीं रहा। जब आठ-दस रोज इम्तहान के रह गए, एक दिन जैसे नाड़ी छूटने लगी। ख़याल आते ही कि फेल हो जाऊँगा, प्रकृति में कहीं कविता न रह गई; संसार के प्रिय-मुख विकृत हो गए; पिता जी की पवित्र-मूर्ति प्रेत की-जैसी भयंकर दिखी; माताजी की स्नेह की वर्षा में अविराम बिजली की कड़क सुनाई देने लगी। वंश-मर्यादा की रक्षा के लिए विवाह बचपन में हो गया था-नवीन प्रिया की अभिन्नता की जगह बंकिम दृगों का वैमनस्य-हलाहल क्षिप्त होने लगा। पुरजनों के प्रगाढ़ परिचय के बदले प्राणों को पार कर जाने वाली अवज्ञा मिलने लगी। इस समय एक दिन देखा, सुकुल के शीर्ण मुख पर अध्यवसाय की प्रसन्नता झलक रही है।

किताब उठाने पर और भय होता था, रख देने पर दूने दबाव से फेल हो जाने वाली चिन्ता। फलतः कल्पना में पृथ्वी-अन्तरिक्ष पार करने लगा। कल्पना की वैसी उड़ान आज तक नहीं उड़ा। वह मसाला ही नहीं मिला। अन्त में निश्चय किया, प्रवेशिका के द्वार तक जाऊँगा, धक्का न मारूँगा, सभ्य लड़के की तरह लौट आऊँगा। अस्तु, सबके साथ गया। और-और लड़कों ने पूरी शक्ति लगाई थी, इसलिए, परीक्षाफल के निकलने से पहले, तरह-तरह से हिसाब लगा कर अपने-अपने नम्बर निकालते थे, मैं निश्चित इसलिए निश्चित था; मैं जानता था कि गणित की नीरस कापी को पद्माकर के चुहचुहाते कवित्तों से मैंने सरस कर दिया है; फलतः, परीक्षा-समुद्र-तट से लौटते वक़्त, दूसरे तो रिक्त-हस्त लौटे, मैं दो मुट्ठी बालू लेता आया; घर में पिता, माता, पत्नी, परिजन, पुरजन सबके लिए आवश्यकतानुसार उसका उपयोग किया।

मेरे अविचल कण्ठ से यह सुनकर कि सूबे में पहला स्थान मेरा होगा, अगर ईमानदारी से पर्चे देखे गए, लोग विचलित हो उठे। पिता जी तो गर्व से गर्दन उठाए रहने लगे। पर ज्यों-ज्यों फल के दिन निकट होते आए, मेरी आत्मा की वल्लरी सूखती गई। वह जगह मैंने नहीं रक्खी थी कि पिता जी एक साल के लिए माफ़ कर देते। घर छोड़े बग़ैर निस्तार न देख पड़ा। एक दिन माता जी से मैंने कहा–"जगतपुर के ज़मींदारों ने बारात में चलने के लिए बुलाया है, और ऐसा कहा है, जैसे मेरे गए बग़ैर बारात की शोभा न बन पड़ती हो।" ज़मींदारों के आमन्त्रण से माताजी

छलक उठीं; पिता जी को पुकार कर कहा–"सुनते हो, तुम्हारे सपूत ज़मींदारों के यहाँ उठने-बैठने लगे हैं, बारात में चलने का न्योता है।" पिता जी प्रसन्नता को दबाकर बोले–"तो चला जाय; जो कहे, कपड़े बनवा दो और खर्चा दे दो।" एकान्त में पत्नी जी मिलीं, बड़ी तत्परता से बोलीं–"वहाँ नाच देखकर भूल न जाइएगा।" "राम भजो", मैंने कहा–"क्व सूर्यप्रभवो वंश: क्व चाल्पविषया मति:।" "मैं इसका मतलब भी समझू?" वह एक कदम आगे बढ़कर बोलीं, मन में निश्चय कर कि तुलना में मैंने उन्हें श्रेष्ठ बतलाया है। समझकर मैंने कहा–"कहाँ तुम्हारी बाँस-सी कोमल दुबली देह से सूरज का प्रकाश, कहाँ वह ज़हर की भरी मोती रंडी!" "चलो" कहकर वह गर्व-गुरु-गमन से काम को चल दी।

समय पर कपड़े बने, और खर्चा भी मिला। पश्चात्, यथासमय, जगतपुर के ज़मींदारों की बारात के लिए रवाना होकर कुछ दूर से राह काट कर ऐन गाड़ी के वक़्त मैं स्टेशन पहुँचा। वहाँ से ससुराल का टिकट लिया। रास्ते-भर में खासी मुहर्रमी सूरत बना ली। ससुराल वाले देखते ही दंग हो गए। ससुरजी, सासु जी और लोग घेर कर कुशल पूछने लगे। मैंने उखड़ी आवाज में कहा–"गाँव में एक खेत के मामले में फौज़दारी हो गई है, दुश्मनों के कई घायल हुए हैं, इसलिए पिता जी की गिरफ्तारी हो गई है, गिरफ्तार होते वक़्त उन्होंने कहा है, अपने ससुर जी के विवाह के करारवाले बाक़ी 300 रुपए लेकर, दूसरे दिन जिले में आकर जमानत से छुड़ा लेना।" ससुर जी सन्न हो गए। सासु जी रोने लगी, और-और लोगों को काठ मार गया। ससुर जी के पास रुपए नहीं थे। पर सासु जी घबराईं कि ऐसे मौके पर मदद न की जाएगी, तो त्रिपाठी जी कैद से छूटकर अपने लड़के की दूसरी शादी कर लेंगे। इस विचार से नथ, करधनी, पायजेब आदि कुछ गहने रेहन कर 150 रु. मुझे देती हुई बोलीं–"बच्चा इससे ज़्यादा नहीं हो सका; हम तो तुम्हारे सदा के ऋणी हैं; फिर धीरे-धीरे पूरा कर देंगे, त्रिपाठी से हाथ जोड़कर हमारी प्रार्थना है।"

मैंने सान्त्वना दी कि बाक़ी रुपए लेने मैं उनके घर कभी न आऊँगा। एक विपत्ति की बात थी; वह इतने से टल जायेगी। सासु जी मारे आनन्द के रोने लगीं। मैंने बड़ी भक्ति से उनके चरण छुए और यथासमय स्टेशन आकर कलकत्ते का टिकट कटाया।

यहाँ मेरे नये जीवन की नींव पड़ी। अखबारों में देखा, सुकल प्रथम श्रेणी में पास हुआ है। चार साल बाद वह बी.ए. हुआ, एम.ए. हुआ, मैं मालूम करता रहा, अच्छी जगह पाई, अब परीक्षा समाप्त कर परीक्षक है; मैं ज्यों-का-त्यों; एक बार

धोखा खाकर बराबर धोखा खाता रहा; एक परीक्षा की तैयारी न करके कभी पास न हो सका। कितनी परीक्षाएँ दीं।

तब से यह आज सुकुल से मेरी मुलाकात है। एक बार सारा इतिहास मेरे मस्तिष्क में चक्कर लगा गया। अब वह पिता जी नहीं, माताजी नहीं, पत्नी नहीं, केवल मैं हूँ, और परीक्षा-भूमि, सामने प्रश्नों की अगणित तरंग-माला!

मैं विचार में था। जब आँख खुली, साकार सुघरता मेरे सामने थी, अविचल दृष्टि से मुझे देखती हुई। अंजलि बाँधकर नमस्कार किया, ललित अंग्रेज़ी में सम्वर्द्धित करते हुए–"Good morning, Poet of Vers Libre!" मैं उठा। नमस्कार कर सुकुल के नज़दीक वाली कुर्सी पर बैठने के लिए बड़े अदब से हाथ बढ़ाकर बताया।

वह खड़ी थीं। लहराती हुई मन्दगति से चलीं। बैठकर मुझे देखकर मुस्कराती हुई बोलीं–"आप ख़ूब लिखते हैं?"

प्यासा मृग मरीचिका के सरोवर का व्यंग्य नहीं समझता। मुझे यह पहली तारीफ़ मिली थी। इच्छा हुई, जाऊँ, महादेव बाबू को भी बुला लाऊँ, कहूँ कि अब अमृत निकलने लगा है, चुल्लू बाँधकर चलिए। लेकिन अभी उतने अमृत से मुझे ही अघाव न हुआ था। बैठा हुआ एकान्त भक्त की दृष्टि से देखता रहा।

रक्त अधरों के करारों से अमृत का निर्झर बहा, वह बोलीं–"सुकुल आपकी कविता नहीं समझते, मैं समझाती हूँ।"

सुकुल न रह सके। कहा–"ऐसा समझना वास्तव में कहीं नहीं देखा; असर भी क्या; चाहे कुछ न समझिए, पर सुनने से जी नहीं ऊबता। एम.ए. क्लास तक किसी प्रोफेसर के लेक्चर में यह असर न था।"

"हाँ-हाँ, जनाब," देवी जी मेरुमूल सीधा करके बोलीं–"यह एम.ए. क्लास से आगे की पढ़ाई है; जब पास करके आए थे, हाथभर की चोटी थी; समझ में एक वैसी ही मेख।"

सुकुल की चोटी मेरी निगाह में सुकुल से अधिक परिचित थी। पर उनके आने पर मैंने उन्हें ही देखा था। चोटी सहीसलामत है या नहीं, मालूम करने के लिए निगाह उठाई कि देवीजी बोलीं–"अब तो चाँद है। सुकुल को सुकुल बनाते, सच कहती हूँ, मुझे बड़ी मिहनत उठानी पड़ी है।"

उन्हें धन्यवाद दूँ, हिम्मत बाँध रहा था कि बोलीं–"मैं स्वयं सुकुल की सहधर्मिणी नहीं।"

मेरा रंग उड़ गया।

मुझे देखकर, मेरे ज्ञान पर हँसकर जैसे बोलीं– "सुकुल स्वयं मेरे सहधर्मी हैं।"

मैं साहित्यिका को तअज्जुब की निगाह से देखने लगा।

इतने पर उनकी कृपा की दृष्टि मुझ पर पड़ी, बोलीं–"मैं आपको भी सहधर्मी बनाना चाहती हूँ।"

मैं चौंका; सोचा, "क्या यह द्रौपदी वाला धर्म है?"

देवी जी ने कलाई वाली घड़ी देखी और उठकर खड़ी हो गईं। भौंहें चढ़ाकर बोलीं–"बहुत देर हो गई, चलिए, आपको लेने आयी थी, टैक्सी खड़ी है।" फिर बढ़कर, मेरे कन्धे पर हाथ रखकर बड़े ही मधुर स्वर से पूछा–"आप मुर्गी तो खाते हैं?"

मैंने सुकुल को देखा। सुकुल सिर्फ़ मुस्कराए। समझ कर मैंने कहा–"मेरा तो बहुत पहले से सिद्धान्त है।"

वह चलीं। मैं भी उसी तरह चद्दर ओढ़े सुकुल के पीछे चला।

रास्ते-भर तरह-तरह के विचार लड़ते रहे। समाज में इतनी आज़ादी नहीं। स्त्री के लिए तो बिलकुल नहीं। मुर्गी की किसी तरह नहीं चल सकती। मैं खाता हूँ, छिपाकर। क्या यह स्त्री..., पर सुकुल तो सुकुल हैं।

सुकुल का घर आ गया। एक छोटा-सा दुमन्जिला मकान। इधर-उधर बंगालियों की बस्ती। जगह-जगह कूड़े के ढेर, ऊपर मछलियों के सेल्हर, बदबू आती हुई।

हम लोग उतरे। भीतर पैठते दाहिने हाथ एक छोटा-सा बैठका। एक डेढ़ साल के बच्चे को दासी खेलाती हुई। श्रीमती जी को देखकर बच्चा माँ-माँ करता हुआ उतावला हो गया; दोनों हाथ फैलाकर माँ के पास आने के लिए कूदकर दासी की गोद में लटक रहा। लेकर देवीजी प्यार करने लगीं। सुकुल ने दासी को मकान खोलने के लिए कुँजी दी।

एक सहृदय बात कहना चाहिए, सोचकर मैंने कहा–"भूखा है, शायद दूध पीना चाहता है।"

देवी जी ने षोड़शी के कटाक्ष से देखा। कहा–"दासी पिला देगी।"

मैंने पूछा–"क्या यह आपका बच्चा नहीं है?"

हँसकर बोलीं–"मेरा? है क्यों नहीं? पर दूध मेरे नहीं होता।"

मैंने निश्चय किया, शिक्षित महिला हैं, यौवन है, अभी मातभाव नहीं आया, इसलिए दूध नहीं होता। मन में विधाता को धन्यवाद देता रहा।

"चलिए", वह बोलीं–"ऊपर चलें, एकान्त में बातें होंगी, सुकुल बाज़ार जाएँगे मुर्गी लेने।"

बच्चे को फिर दासी के हवाले कर दिया। मैं उनके पीछे चला, यह सोचता हुआ कि एकान्त में सहधर्मी बनाने का प्रस्ताव न हो। चित्त को काबू में न कर सका, वह पुलकित होता रहा।

यह कुछ सज़ा हुआ शयन-कक्ष था। "बैठिए" कहकर वह स्टोव जलाने लगीं। मैं आयीने में उनकी पम्प करती हुई तस्वीर देखता रहा।

चाय, पान और सिगरेट मेज पर लगाकर बैठीं। प्लेट पकड़कर मेरा प्याला बढ़ाती हुई मधुर कण्ठ से बोलीं–"शौक कीजिए।"

विनम्र भाव से मैंने दूसरे ओर वाली बाट पकड़ी, और आँखों में ही उन्हें धन्यवाद दिया।

निगाह नीची कर मुस्कराती हुई उन्होंने अपना प्याला होंठों से लगाया। आधी चाय चुक जाने पर पूछा–"आप मेरे सहधर्मी हैं तो?"

पेट में, उतनी ही चाय से, समन्दर लहराने लगा। ऊपर तूफान। श्याम तट पर भावों के कितने सजे सृदृढ़ मकान उड़ गए। ऐसी ख़ुशी हुई। कहा–"आप लेकिन सुकुल की..."

"बीबी हैं?–हाँ, हूँ।"

"फिर मैं..."

"कैसे बीबी बना सकता हूँ?"

ऐसा–धर्म संकट जीवन में कभी नहीं पड़ा। मेरा सारा समन्दर सूख गया, तूफान न-जाने कहाँ उड़ गया, सिर्फ़ रेगिस्तान रह गया, जो इस ताप से और तपने लगा।

मुझे चुपचाप बैठा अनमेल दृष्टि से देखता हुआ देखकर वह बोलीं–"आप बुरा न मानें, मैंने देखा है, मर्दों में एक पैदायशी नासमझी है; वह खास तौर से खुलती है जब औरतों से वे बातचीत करते हैं।"

मान लेने में ही बचत मालूम दी। मैंने कहा–"जी हाँ, औरतों के सामने उनकी समझ काम नहीं करती।"

"हाँ," वह बोलीं–"सुकुल को आदमी बनाती-बनाती मैं हार गई। 'बीबी' को ही लीजिए। बीबी तो मैं सुकुल की भी हो सकती हूँ, हूँ ही, आपकी भी हो सकती हूँ।"

मैं सूख तो गया, पर प्रसन्नता फिर आयी। मैंने बिना कुछ सोचे एक उद्रेक में कह दिया–"हाँ।" "आप नहीं समझे," वह बोलीं–"आप साहित्यिक हैं तो क्या,

फिर भी सुकुल के दोस्त हैं। बीबी की बहुत व्यापकता है।"

"ज़रूर," मैंने कहा।

उन्होंने कान न दिया। कहती गईं–

"छोटी बहन, भतीजी, लड़की, भयहू (छोटे भाई की स्त्री) सबके लिए बीबी शब्द आता है। आपकी 'हाँ' किस अर्थ के लिए है?"

मैंने डूबकर, कुछ कुल्ले पानी पीकर, जैसे थाह पाई। प्रसन्न होने की चेष्टा करते हुए कहा–"बहन के अर्थ में।"

उन्होंने कहा–"देखिए, मर्द की बात एक होती है।"

इज्जत बचाने के लिए और ज़ोर देकर मैंने कहा–"हाँ, मुकर जाऊँ, तो मर्द नहीं।"

लजाकर उन्होंने एक बार अपनी आँख बचाई। सँभलकर बोलीं–"हम बड़ी विपत्ति में हैं। सालभर से छिपे फिरते हैं। मैं बचने के लिए सुकुल से उनके मित्रों का परिचय पूछती रही। सिर्फ़ आपका परिचय मुझे त्राण देनेवाला मालूम दिया। पर पता न मालूम था। सालभर से लगा रहे हैं।"

मैंने चितवन देखी। आँखें सजल हो आयीं। कहा–"मैं तैयार हूँ।"

वह उठकर खड़ी हुईं। सामने आ, हाथ पकड़कर कहा–"भाई जी, मेरी रक्षा कीजिए। सुकुल का घर छुटा हुआ है, जिस तरह हो, मुझे अपने कुल में मिलाकर, सुकुल से ब्याह साबित कीजिए।"

उसकी बड़ी-बड़ी आँखें; दो बूँद आँसू कपोलों से बहकर मेरी जाँघ पर टपके। मैं खड़ा हो गया, और अपनी चादर से उसके आँसू पोंछते हुए कहा–"तुम मेरे चाचा जी की लड़की, मेरी छोटी बहन हुई। मेरे चाचा सस्त्रीक बंगाल में आकर गुज़रे हैं। उनके एक कन्या भी थी, देश में आयी थी।"

आनन्द से भरकर, वह मेरा हाथ लेकर खेलने लगी। इसी समय सुकुल आए। पूछा–"रामकहानी हो गई?"

मैंने कहा–"अभी नहीं, कहानी से पहले भूमिका समाप्त हुई है।"

"सुकुल," भरकर उसने कहा–"कोलम्बस को किनारा दिखा।"

सुकुल बड़े प्रसन्न पद-क्षेप से मेरे पास आए; पूछा–"चाय कुछ बची है?"

"सब-की-सब," मैंने कहा–"पर ठण्डी हो गई होगी, गरम करा लो।" बीबी की तरफ मुड़कर पूछा–"लेकिन तुम्हारा नाम अभी नहीं मालूम कर पाया।"

"जहाँ से आयी हूँ," उसने कहा–"वहाँ की पुखराज हूँ, यहाँ की पुष्कर कुमारी।"

"कुँवर," मैंने कहा–"जल्दी करो, तुम्हारी मुर्गी स्वादिष्ट होगी, पर कहानी और स्वाददार हो। दोनों के लिए उतावली है।"

कुँवर चाय बनाने लगी। पम्प करते समय सर की साड़ी सरक गई। फिर नहीं सँभाला। सुकुल की आँखें लोभी भौरे की तरह उसके मुँह से लगी रहीं।

मैंने वहीं स्नान किया। सुकुल की धोती पहनी। भोजन किया-बिलकुल मुसलमानी खाना। वैसी ही चपातियाँ, वैसा ही कोरमा। वही चटनी, वही मुरब्बा, वही मिठाई। खाते हुएं पूछा–"कुँवर, हिन्दू-भोजन भी पका लेती हो या नहीं?" उसने 'हाँ' कहकर सुकुल की तरफ इशारा गया कि इनसे सीखा है।

"किताब छोड़कर खाना पकाते बड़ी परेशानी होती होगी तुम्हें।" मैंने कहा।

"सुकुल के लिए मैं सब-कुछ सह सकती हूँ।" उसने जवाब दिया।

भोजन समाप्त हुआ। हम लोग उसी कमरे में गए। सुकुल बच्चे को लिए हुए।

पान खाते-खाते मैंने कहा–"अब देर न करो, कुँवर।"

कुँवर एक बार नीचे गई। दासी से कुछ कहकर दुमन्जिले का दरवाजा बन्द कर आयी, और अपनी कुर्सी पर बैठी।

मैंने कहा–"अब शुभस्य शीघ्रम होना चाहिए।"

कुँवर बोली–"मेरी माँ हिन्दू हैं। लखनऊ के वाजपेयी खालेवाले घर की। मैं उन्हीं से हूँ।"

"तब तो तुम कुलीन हो।" मैंने कहा, "तुम्हारे पिता का नाम?"

"उसका नाम कौन ले" कँवर बोली–"आपके चाचाजी मेरे पिता हैं।"

कुँवर भर गई। रुककर सँभलने लगी। बोली–"वाजपेयी जी को एक ब्याह से सन्तोष नहीं हुआ। दूसरी शादी की। तब मैं पेट में थी। बेहटा मेरा ननिहाल है। सिर्फ़ नानी थीं। ईश्वर की इच्छा, उनका देहान्त हो गया। तब मेरी माँ ने ससुर को कई चिट्ठियाँ लिखवाईं। पर उन्होंने खबर न ली। घर में किसी तरह गुज़र न हुई, तब लोटा-थाली बेचकर, उस खर्च से माँ लखनऊ गईं। घर में पैर रखते, ससुर और पति ने तेवर बदले। पति ने कहा, इसके हमल है, हमारा नहीं। ससुर ने कहा, बदचलन है, धरम बिगाड़ने आयी है; भली होती, तो चली न आती–वहीं के लोग परवरिश करते। पड़ोसियों की भी राय थी। सौत ने धरती उठा ली। एक रात को पति ने बाँह पकड़कर निकाल दिया। माँ रास्तों पर मारी-मारी फिरीं। सुबह जिस आदमी ने उनके आँसू देखे, वह मुसलमान था। उस वक़्त माँ के दिल में हिन्दू, धर्म और भगवान् के लिए कितनी जगह थी, आप सोच सकते हैं। निस्सहाय, अन्त:सत्वा, अबला, केवल आश्रय चाहती थी, सहानुभूतिपूर्ण, मनुष्यता-युक्त; वह एक मुसलमान से

प्राप्त हुआ। मुसलमान की बातों में विधर्मीपन न था। एक स्त्री के प्रति पुरुष का जैसा चाहिए, वैसा आश्वासन, विश्वास और पौरुष था। माँ आकृष्ट हुईं। वह माँ को ले चला। आगे वह, पीछे माँ। माँ फूल के कड़े-छड़े, धोती पहने हुए, मुसलमान के पीछे चलती साफ़ हिन्दू-महिला मालूम दे रही थीं। ऐसे वक़्त एक आर्यसमाजी की निगाह पड़ी। उसने पीछा किया। मुसलमान बढ़ता हुआ घर पहुँचा। पर उसे हिन्दू का पीछा करना मालूम हो गया था, इसलिए डरा। घर देखकर वह आर्यसमाजी पुलिस को खबर देने गया। इधर मुसलमान ने भी पेशबन्दी शुरू की। एक दूसरे मुसलमान दोस्त के ताँगे में परदा लगाकर माँ को दूसरे मुसलमान दोस्त के घर कर आया। पुलिस की तहकीकात जारी हुई, साथ-साथ माँ का एक मुसलमान के घर से दूसरे मुसलमान के घर होना। अन्त में वह एक ऐसे घर पहुँची, जो एक इंस्पेक्टर पुलिस का था। इंस्पेक्टर साहब छुट्टी लेकर उस वक़्त रह रहे थे। नौकरी पर चलते समय वह माँ को भी साथ लेते गए। अकेले थे। माँ सुन्दरी थीं।

इच्छा हुई इंस्पेक्टर साहब का नाम पूछूँ, पर सोचा, वाजपेयी जी के नाम के साथ बाद को मालूम कर लूँगा।

कुँवर कहती गई–"इस तरह इंस्पेक्टर साहब ने एक अबला की रक्षा की। मैं पैदा हुई। मेरे कई भाई-बहन और हुए। मैं उर्दू पढ़ती थी; मुसलमान पिता जी का लखनऊ तबादला होने पर, अंग्रेज़ी पढ़ने लगी। नाइन्थ क्लास में थी, माँ से पिता जी की बातचीत हुई, मेरी शादी के बारे में। मैं कमरे के बाहर खड़ी थी। उन्हें मालूम न था। उस रोज मुझे कुछ आभास मिला। पहले माँ को नाराज़ होने पर जिन शब्दों में अभिहित करते थे, उनकी सचाई समझी। मेरी आँख खुली। बड़ी लज्जा लगी, हिन्दू-मुसलमान इन दोनों शब्दों पर किसी की तरफदारी के लिए। एक रोज माँ को रोककर मैंने पकड़ा। जो कुछ सुना और समझा था, कहा, और बाक़ी ब्यौरा समझाने के लिए विनय की। एकान्त में माँ ने अपना सारा हाल सुनाया, और ईश्वर का स्मरण कर, उनकी इच्छा कहकर खामोश हो गईं। मुझे जातीय गर्व से घृणा हो गई। मैंने कहा, मैं शादी नहीं करूँगी; जी भर पढ़ना चाहती हूँ। बस, यहीं से मेरे विचार बदले। मैट्रिकुलेशन पढ़कर मैं आयी.टी. कालेज गई, और दूसरे विषयों के साथ हिन्दी ली। एफ.ए. पास हो बी.ए. में गई। आख़िरी साल सुकुल को देखा।"

"सुकुल को देखा" कहने के साथ कुँवर का जैसे नेह का स्रोत फूट पड़ा। कुछ रस-पान कर मैंने कहा–"कुँवर, यहाँ अच्छी तरह वर्णन करो; हिन्दी के कहानी-लेखक और पाठक बहुत प्यासे हैं।"

कुँवर जमकर सीधी हुई। बोली–"सुकुल तब क्रिश्चियन कॉलेज में प्रोफ़ेसर थे। प्रिंसिपल को आश्वासन दिया था कि ईसाई-धर्म को वह संसार का सर्वश्रेष्ठ धर्म मानते हैं, लेकिन बूढ़े पिता जी का लिहाज़ है, और वह दो-चार साल में चलते हैं, बाद को सुकुल क्रिश्चियन के अलावा दूसरा अस्तित्व नहीं रखते। कुछ निबन्ध भी प्रमाण के तौर पर लिखे। दूरदर्शी प्रिंसिपल ने तब सिफ़ारिश की, और इन्हें जगह मिली। मेरे मकान के सामने ठहरे थे। बड़ी सँभाल से हैट लगाते थे कि चोटी कहीं से न दीख पड़े, पगड़ी के भीतर विभीषण के तिलक की तरह। कभी मिसेज सुकुल आती थीं, कभी अकेले ठोंकते खाते थे। मुझे इतना जानते थे कि इस मकान से कोई कॉलेज जाती है। एक दिन की बात। मैं छत पर थी। शाम हो रही थी। सुकुल बरामदे में बैठे थे। मौसम बरसात का। बादल मदन की बैजयन्ती बने हुए। ठण्डी हवा चल रही थी। पेड़-पौधे लोट-पोट। क्या कहूँ, मैं भी ऐसी हवा से लहराई। बहुत पहले, कुछ ईंटें बाहर देखने के लिए जमा कर रक्खी थीं। उन पर खड़ी हो गई। अवरोध के पार सर उठाकर देखा। सुकुल बैठे थे। कई बार पहले भी देख चुकी थी। सुकुल ने न देखा था। अब के निगाह एक हो ही गई। सुकुल की जनरल की मूँछे-बाघ का मुँह-कालिदास की आँखें!-माफ़ कीजिएगा, मैं बकरे को कालिदास कहती हूँ। टकटकी बँध गई। मुझे किसी ने जैसे गुदगुदा दिया। इतनी बिजली भर गयी कि मैने फ़ौरन सुकुल को फ़ौजी सलामी दी। होश में आ, लजाकर बैठ गयी। फिर कई दिन आँखें नहीं मिलाईं, छिप-छिपकर देखती रही, सुकुल दूसरों की नज़र बचाते कितने बेचैन थे! मुझे लुत्फ आने लगा, शिकार की तड़फड़ाहट से शिकारी को जो ख़ुशी होती है। बरामदे में सुबह-शाम बैठना सुकुल का काम हो गया। कहीं न जाते थे। इधर-उधर देखकर निगाह उसी जगह जमा देते थे। जगह खाली देखकर आह भरते थे। मैं दीवार के छेद। से देखती थी। एक रोज फिर उसी तरह दर्शन देने की इच्छा हुई। ईंटें बिखेर देती थी। इकट्ठी कीं। खड़ी हुई। सूरज मुँह के सामने था। सुकुल ने देखते ही हाथ जोड़कर प्रणाम किया। मैं कागज़ का एक टुकड़ा ले गई थी। उसकी गोली बनाकर उसे नीचे डाल दिया। उस पर सुकुल की जैसी निगाह थी, वैसी नादिरशाह की कोहनूर पर न रही होगी, न अंग्रेजों की अवध पर।"

मारे आकर्षण के मुझसे न रहा गया। पूछा–"क्या लिखा था?"

"कुछ नहीं," कुँवर बोली–"वह कोहनूर की तरह सफेद था। सुकुल ने उसे उठाकर बड़े चाव से खोला। और, यद्यपि उसमें कुछ न लिखा था, फिर भी कुछ लिखा होता, तो सुकुल को इतनी सरसता न मिली होती। उस शून्य पृष्ठ पर विश्व की समस्त प्रेमिकाओं की कविता लिखी थी। सुकुल उसे लेकर बरामदे में आए,

और मुझे दिखाकर हृदय से लगा लिया। मैं मुस्कराकर विदा हुई। इस खाली के बाद भरी दागने लगी। रोज़ एक गोली चलाती थी, बिहारी, देव, पद्माकर, मतिराम आदि के दोहे और कवित्त लिख-लिखकर। अन्त में सुकुल का किला तोड़ लिया। एक दिन एक गोली में दागकर कि तुम्हारे घर आऊँगी-रातभर दरवाजा खुला रखना, गई, और किले पर अधिकार कर समझा दिया कि इम्तहान के बाद स्थायी रूप से यहाँ आकर निवास करूँगी। सुकुल अपनी भूलों का बयान करते रहे-कब क्या करते, क्या हो गया। पर मैंने कोई भूल की ही नहीं थी। मिसेज सुकूल से शादी करके सुकुल के पिता जी ने, मुमकिन है, भूल की हो। मैंने यह ज़रूर सोचा कि मेरे कारण सुकुल की मुसीबतें बढ़ सकती हैं, पर साथ ही यह खयाल आया कि कोई पहलू उठाइए, सामने मुसीबत है–अब कदम पीछे नहीं पड़ सकता। जहाँ सुकुल हर चाल पर चूकते थे, वहाँ मैंने पहले ही मात दी–इम्तहान में बैठी, और सुकुल के घर आकर मालूम किया, पास हुई, और रायबहादुर बन्नूलाल-हिन्दी-मेडल पाया। और फिर डिगरी लेने नहीं गई। इम्तहान के बाद, जब एक रात को हमेशा के लिए सुकुल के घर आकर बैठी, बड़ा तहलका मचा, कुछ ढूँढ़-तलाश के बाद जब मैं नहीं मिली, निश्चय हुआ कि मेरी मर्जी से किसी ने मुझे भगाया। सुकुल पर शक हुआ। थाने में रिपोर्ट हुई। सुकुल मुझे कहाँ रक्खें-घबराए। दीवार से बनी एक अलमारी थी। अलमारी के नीचे एक तहखाना छोटा-सा था। मैं अब जैसी हूँ, तब इससे और दुबली थी।-जगन्नाथ जी में, कुछ महीने हुए, कलियुग की मूर्ति देखी-कन्धे पर बीबी को बैठाले मियाँ लड़के की उँगली पकड़े बाप को धतकार रहे हैं, मेरी इच्छा हुई, सुकुल कलियुग बनें। सुकुल को कई दफे कलियुग बना चुकी हूँ। धतकारने के लिये, कहती थी, सामने समझो हिन्दू पनरूपी तुम्हारा बाप है। सुकुल धतकारते थे। ग़रज़ यह कि उस तहखाने में मैं आसानी से आ सकती थी। सुकुल से मैंने कहा, ऊपर कुछ कपड़े डाल दो, साँस लेने की जगह मैं कर लूँगी। आलमारी के ऊपरवाले तानों में चीज़ें पहले से रक्खी थीं। बाहर से आलमारी बन्द कराके ताला लगवा देती थी। इस तरह दो-दो, तीन-तीन, चार-चार घण्टे दम साधने लगी। जब सुकुल कॉलेज जाते थे, तब बाहर से ताला बन्द कर लेते थे। जब लौटते थे, तब बाहर दरवाजा बन्द कर लेते थे। कोई पुकारता था, तो मैं तहखाने में जाती थी, आलमारी का ताला बन्द करके सुकुल बाहर निकलते थे। तीसरे दिन सही-सही पुलिस आ गई। सुकुल उसी तरह बाहर निकले। प्रभातकाल था, बल्कि उषःकाल। दारोगा मुसलमान। डटकर तलाशी लेने लगा। आलमारी के पास आकर खड़ा हुआ। मैं समझ गई, यह साँस की आहट ले रहा है। मैं मुँह से साँस लेने लगी। फिर आलमारी नहीं खोलवाई। दराज से

देख-दाख कर चला गया। सुकुल उसे बिदा कर उसी तरह भीतर आए। मुझे निकाला। मैं खिलखिलाकर हँसी। फिर सुकुल से जल्द मकान बदलने के लिये कहा। तलाशी की खबर चारों तरफ फैली। सुकुल के गाँव भी पहुँची। अब तक सुकुल ने भी तलाशी का हाल लिखा, पर मकान बदल कर। यह मकान बड़ा था। बग़ल-बग़ल दो आँगन थे। मेरा खयाल रख कर लिया गया था। चिट्ठी पा सुकुल के भाई मिसेज मुकुल को लेकर आए। हम पहले से सतर्क थे। बड़े मकान में सुकुल रहने लगे। मैं अपना गुप्त जीवन व्यतीत करती रही। मुझे कोई कष्ट न था; पर सुकुल की ड्यूटी बढ़ गई। सौभाग्य कहूँ या दुर्भाग्य, 3-4 महीने रह कर मिसेज सुकुल बीमार पड़ीं, और 7-8 दिन के बुखार में उनका इन्तकाल हो गया। सुकुल के भाई चले गए थे। इन्होंने फिर किसी को नहीं बुलाया। किसी तरह मित्रों की मदद से उनका अन्तिम संस्कार कर दिया। सुकुल से पूछ कर मैं तुम्हारा हाल मालूम कर चुकी थी; जानती थी, मुझे ही अपनी नाव खेनी है; पर तुम्हारा पता मालूम न कर सकी, इतनी ही चिन्ता रह-रहकर होती थी। मिसेज सुकुल के रहते मैंने मिस्टर सुकुल को तुम्हारे गाँव भेजा था। तुम्हीं-जैसे मेरे सहारा हो सकते थे। मिसेज सुकुल के रहने पर मुझे कोई अड़चन न थी, न अब, न रहने पर, कोई सुविधा है। यह बच्चा मिसेज सुकुल का है। बड़ी कठिनाइयों से तुम्हारा पता लगा था। मिसेज़ सुकुल के गुज़रने पर हम लोगों को विवश होकर लापता होना पड़ा। पास इतना धन था कि साल-डेढ़ साल का खर्च चल जाय। इतने दिनों बाद हमारी साधना सफल हुई।"

मैंने कुँवर को धन्यवाद दिया। कलकत्ते में ही उसका ब्याह कर दूँगा, यह आश्वासन देकर उससे विदा ली।

सेठ जी बैठे थे। एकान्त में ले जाकर यह हाल उनसे कहा। वह सहमत हो गए। कहा, "मगर मुंशीजी से न कहिएगा, उनके पेट में बात नहीं रहती।"

शुभ मुहूर्त में विवाह की तैयारियाँ होने लगीं। एक दिन आमन्त्रित हिन्दी-भाषी विभिन्न प्रान्तों के साहित्यिकों की उपस्थिति में सुकुल के साथ श्री पुष्कर कुमारी का ब्याह कर दिया।

प्रीतिभोज में अनेक कनवजिए सम्मिलित थे। देश में यह शुभ सन्देश सुकुल के पहुँचने से पहले पहुँचा। कुँवर अब भी हैं।

भक्त और भगवान

भक्त साधारण पिता का पुत्र था। सारा सांसारिक ताप पिता के पेड़ पर था, उस पर छाँह। इसी तरह दिन पार हो रहे थे। उसी छाँह के छिद्रों से रश्मियों के रंग, हवा से फूलों की रेणु-मिश्रित गन्ध, जगह-जगह ज्योतिर्मय जल में नहाई भिन्न-भिन्न रूपों की प्रकृति को देखता रहता था। स्वभावतः जगत् के करण-कारण भगवान् पर उसकी भावना बँध गयी।

पिता राजा के यहाँ साधारण नौकर थे। उसे इसका ज्ञान रहने पर भी न था। लिखने के अनुसार उसकी उम्र का उल्लेख हो जाता है। इस समय एक घटना हुई। गाँव के किनारे, कुएँ पर, एक युवती पानी भर रही थी। पकरिए के पेड़ के नीचे एक बाबा तन्मय गा रहे थे–"कौन पुरुष की नार झमाझम पानी भरे?" युवती घड़ा खींचती दाहनी ओर के दाँतों से घूंघट का छोर पकड़े, बाएँ झुकी, आँखों में मुस्करा रही थी। तरुण भक्त की ओर मुँह था। बाबाजी की ओर दाहने अंगों से पर्दा।

भक्त का विद्यार्थी-जीवन था। उसने पढ़ा। विस्मित हो गया। देवी को मन में प्रणामकर आगे बढ़ा। गाँव की गली में साधारण किसानों की भजन-मंडली जमी थी। खँझड़ी पर लोग समस्वर से गा रहे थे।

"कहत कोउ परदेसी की बात–
कहत कोउ परदेसी की बात!
वइ तरु-लता, वई द्रुम-खंजन,
वइ करील, वइ पात;
जब ते बिछुरे स्याम साँवरे,
न कोउ आवत-जात!"

तरुण युवक खड़ा हो गया। अच्छा लगा। एक पेड़ की जड़ पर बैठकर एकचित सुनता रहा। कितने भाव प्राणों में जगकर उथल-पुथल मचाने लगे–"यह

परदेशी की बात कौन कहता है? क्या कहता है? तरु-लता-द्रुम-खंजन-करील आदि वही सब अब भी हैं, पर श्याम बिछुड़ गए हैं, इसीलिये तो वह सब सूना हो रहा है? वहाँ कोई नहीं आता-जाता!–यह परदेशी की कैसी बात है?" कितने विचार बह गए। वह सुनता रहा–अज्ञात भी कितना कह गए। फिर सब भूल गया। एक होश रहा-यह परदेशी कौन है–क्या कहा-यह साँवरे श्याम कैसे बिछुड़े?–फिर भी परदेशी की बात कहने में इनका अस्तित्व है!

चुपचाप उठकर वह चला गया। गाँव से बाहर एकान्त में, एक रास्ते के किनारे, चढ़ी मालती के बड़े पीपल के नीचे बँधे पक्के चबूतरे पर, महावीरजी की सुन्दर मूर्त्ति स्थापित थी, वहीं जाकर बैठ गया। विशद विचार का नशा था ही। लड़ी आप फैल चली। तुलसीदास की याद आयी। महावीरजी, तुलसीदासजी और श्रीरामायण से हिन्दी-भाषी पठित हिन्दू-मात्र का जीवन-सम्बन्ध है। मन सोचने लगा। तुलसीदास की सिद्धि के कारण महावीर जी हैं। सामने सिन्दूर की सजी सुन्दर मूर्त्ति पर सूर्य की किरणें पड़ रही थीं। देखकर भक्ति-भाव से प्रणाम किया। अर्थ कुछ नहीं समझा। पर उस पत्थर की मूर्त्ति पर प्राण मुग्ध हो गए। यह एक संस्कार था–एक मूर्ख संस्कार, जिसे ब्रह्म-भाव के लोग आज कुसंस्कार कहते हैं, वृहत्तर भारत के निर्माण के लिये प्रयत्न पर हैं।

'खसी माल मूरति मुसकानी' वह नहीं समझा; पर खसी मालवाली–बिना माला की मूर्त्ति मुस्कराई। उसने केवल देखा–सामने एक क़लमी पुराने आम के पेड़ पर नई जंगली बेले की लता पूरी फूली हवा में हिल रही है। तरुण भक्त की इच्छा हुई, माला गूँथकर महावीर-जी को पहनाएँ। सामने केले लगे थे। एक पत्ता बीच से तोड़कर पैनी लकड़ी से काट लिया, और पेड़ पर चढ़कर, उसीके बनाए दोने में फूल तोड़-तोड़कर रखने लगा। फिर गुर्च-जैसी एक लता की पतली लड़ी तोड़कर, उसी चबूतरे पर बैठकर माला गूँथने लगा। पूरी होने पर महावीरजी को पहनाकर देखा। कोई हँस दिया–वह नहीं समझा। प्रणामकर चला गया।

वह विवाहित था। घर आया। सिन्दूर का सुहाग धारण किए नवीन पत्नी खड़ी थी, आँखों में राज्य-श्री उतरकर अभिनन्दन कर रही थी–वह मुस्कराई; पर वह फिर भी नहीं समझा।

भक्त की ऋतुएँ बहुत धीरे-धीरे वेश बदलती हुई चलती हैं। पर इतनी सुन्दर है, इतनी कोमल और इतनी मनोरम कि वहाँ प्रखरता का कोई भी निर्भर-स्वर नहीं, जो शैलोच्च प्रकृति से उतरता हुआ हरहराता हो, वहाँ केवल मर्मरोज्ज्वल तरंगभंग हैं।

भक्त का नाम निरंजन था। सम्पत्ति के सम्बन्ध में भी वह निरंजन था। केवल भक्ति थी। भक्ति बुद्धि नहीं, पर पूजा चाहती है। पूजा के लिये सामग्री एकत्र करने की विधि वह नहीं बताती, विधि आप विधान देते हैं। भक्त ने देखा, राजा का सरोवर सरोरुहों से पूर्ण है। नील जलराशि पर हरे पत्र, उनके बीच वृन्त उठे, उन पर डोलते हुए कमल, उन पर काँपती हुई किरणें। भक्त ने देखा–ये श्वेत-कमल श्वेत होकर भी कैसी अंजलि बाँधे हुए हैं; इच्छा हुई, इन्हें महावीरजी पर चढ़ावें। लाँग मारकर पानी में कूद पड़ा। जल 'छल-छल' कहता छलकता हुआ, तरंगों से वर्तित हो चला। वह तैरने लगा। नाल और नालों के काँटे रोकने लगे-लिपटकर, छिदकर, खँरोचते रहे; पर उसे केवल महावीरजी, पूजा और कमलों का ध्यान था–तैरता-तोड़ता, तट-जल पर फेंकता रहा। फिर निकलकर उठा लिए। चबूतरे पर जाकर भक्ति-भाव से सज़ाने लगा। मूर्त्ति वीर-मूर्त्ति न थी। हाथ जोड़े हुए थी। दोनों बग़लों में, कन्धों के बीच कानों के नीचे, पैरों से लेकर ऊपर तक मूर्ति को श्वेत-कमलों से सुवासित कर दिया। सिर के लिये एक सनाल कमल की गुड़री बनाई। पहनाने लगा, आगे भार अधिक होने के कारण अर्द्ध-विकच कमल गिरने लगा–सँभालकर, दबाकर पहना दिया। देर तक तृप्ति की दृष्टि से देखता रहा, जैसे कमल उसी के हों, इस सारी शोभा पर उसीकी दृष्टि का पूरा अधिकार हो।

घर आकर बड़ी प्रसन्नता से रात के भोजन के बाद सोया। मस्तिष्क स्निग्ध था। बात-की-बात में नींद आ गई। रात पिछले पहर की थी। स्वप्न देखने लगा। इसे आजकल के लोग संस्कार कहेंगे। पर इसकी पूरी व्याख्या करते नहीं पढ़ा गया। देखा, महावीरजी की वही भक्ति-मूर्त्ति सामने मुस्कराती हुई खड़ी है। कह रही है–"बन्धु, तुमने अपनी पूजा का स्वार्थ देखा, पर मेरे लिये कुछ भी विचार नहीं किया। कमलनाल की गुड़री इतने ज़ोर से तुमने गड़ाई कि उसके काँटे मेरे सर में छिद गए हैं, दर्द हो रहा है।" भक्त वज्रांग की वाणी सुनकर चकित था,साथ आनन्द में मत्त कि वज्रांग इतने कोमल हैं!

वह मूर्त्ति धीरे-धीरे अदृश्य हो चली। साथ भक्त की पत्नी अँधेरे के प्रकाश में उठती हुई सामने आयी। सिर पर सिन्दूर चमक रहा था। महावीरजी अदृश्य होते हुए बदल गए–"इनके मस्तक पर क्या है!" भक्त को ताज्जुब में देख कर पत्नी बोली–"प्रिय, महावीर को मैं मस्तक पर धारण करती हूँ।" स्वप्न में भक्त ने पूछा–"मैं नहीं समझा–अर्थ क्या है?" बड़ी रहस्यमयी मुस्कान आँखों में दिखाई दी। "उठो", पत्नी ने कहा–"अर्थ सब मैं हूँ–मुझे समझो।" भक्त की आँखें खुल गई।

जगकर देखा, पत्नी घोर निद्रा में सो रही है। उसका दाहना हाथ उसके हृदय पर रक्खा है, जैसे उसके हृदय के यन्त्र को स्वप्न के स्वरों में उसीने बजाया हो। खिड़की से ऊषा की अन्धकार को पार करने वाली तैरती छवि, दूरजगत की मधुर ध्वनि की तरह, अस्पष्ट भी स्पष्ट प्रतीत हो रही थी। भक्त ने उठकर बाहर जाना चाहा। धीरे से, हृदय से प्रिया का हाथ उठाकर चूमा; फिर सघन जाँघ पर सहारे से प्रलम्ब कर एक बार मुँह देखा–खुले, प्रसन्न, दिव्य भाल पर अन्धकार वालों को चीरने वाली माँग में वैसा ही शोभन सिन्दूर दीपक-प्रकाश में जाग्रत् था। कमल-आँखें मूँदी हुई। कपाल, भौंह, गाल, नाक, चिबुक आदि के कितने सुन्दर कमल सोहाग-सिन्दूर पर चढ़े हुए हैं! देखकर चुपचाप उठकर बाहर चला गया।

भक्त की भावना बढ़ चली। प्राणों में प्रेम पैदा हो गया। यह बहुत दूर का आया प्रेम है, यह वह न जानता था। क्योंकि वह जाग्रत् लोक में ज़्यादा बँधा था। उसकी मुक्ति जाग्रत् की मुक्ति थी। खाने-पीने, रहने-सहने की मामूली बातों से निवृत्त हो, इतना ही समझता था। स्वप्न के बाद तमाम दिन एक प्रसन्नता का प्रवाह बहा–पहले-पहल जवानी में ब्याह होने पर जैसा होता है।

आज फिर अच्छी पूजा की इच्छा हुई। सरोवर के किनारे से, दूसरों की आँख बचाकर, ऊँची चारदीवार की बग़ल-बग़ल जाने लगा। बारहदरी के पिछवाड़े, एक दूसरे सरोवर के किनारे, गुलाब-बाग़ था। दाहने आमों की श्रेणी। बीच से बड़ा रास्ता। राहियों की नज़र से ओझल पड़ता था। चुपचाप, केले का एक वैसा ही आधार लिए बाग़ में पैठा। बसरा, बिलायत, फ्रांस आदि देशों के, तरह-तरह के, घने और हल्के लाल, गुलाबी, पीले गुलाब हिल रहे थे, जैसे हाथ जोड़े आकाश की स्तुति कर रहे हों–'खेसम्भवं शंकरम्'–'खे सम्भवं शंकरम्' मौन वीणा बजा रही हो, सुगन्ध की झन्कारें दिशाओं को आमोद-मुग्ध करती हुई।

क्षण-भर शोभा देखकर गुलाब तोड़ने लगा। ध्यान महावीरजी की ओर बह रहा था। साक्षात् भक्ति जैसे वीर की सेवा में रत हो।

लौटकर आज लाल को लाल करने चला। सिन्दूर पर गुलाब की शोभा चढ़ी। सुन्दर सब समय सुन्दर है। सज़ाकर देर तक देखता रहा। यही पूजा थी।

घर आया। पत्नी ने नई साड़ी पहनी थी, गुलाबी। देखकर भक्त हँसा। रात का स्वप्न मतिष्क में चक्कर काटने लगा। कहा–"तुम मन की बात समझती हो।"

सहज सरलता से पत्नी ने कहा–"तुम जैसा पसन्द करते हो, मैं वैसा करती हूँ।"

भक्त की इच्छा हुई, रात की बात कहे; पर किसी ने रोक दिया। सर झुकने लगा–न झुकाया। पत्नी सर झुकाये मुस्करा रही थी। मस्तक का सिन्दूर चमक रहा था। देखकर भक्त चुप हो गया।

उसकी पत्नी का नाम सरस्वती था। पति को चुप देखकर बोली–"मेरा नाम सरस्वती है, पर मैं सजकर जैसे लक्ष्मी बन गई हूँ।" यह छल भक्त को हँसाने के लिये किया था, पर भक्त ने सोचा, यह मुझे समझना है कि तुम विष्णु हो। वह और गंभीर हो गया। मन में सोचा, यह सब समझती है।

कुछ दिनों बाद एक आवर्त आया। भक्त के घरवाले ईश्वर के घर चले गए। धैर्य से उसने यह प्रहार सहा। पहले उसकी पत्नी मरी थी। घर बिलकुल सूना हो गया।

एक दिन पड़ोस की एक भाभी मिलीं। कहने लगीं–"भैया, ऐसी देवी तुम्हें दूसरी नहीं मिल सकती, चाहे तुम दुनिया देख डालो। उसने दो साल पहले मुझसे कहा था, दीदी, मैं दो साल और हूँ।" भक्त दंग हो रहा–पहले के उसके भी संस्कार उग-उगकर पल्लवित हो चले। वह नहीं समझा कि एक दिन अपनी जन्म-पत्रिका पढ़ते हुए पत्नी से उसने कहा था कि दो साल बाद दारा और बन्धुओं से वियोग होगा, लिखा है इसे उसकी पत्नी प्रमाण की तरह ग्रहण किए हुए थी, और इसीके आधार पर दीदी से भविष्यवाणी की थी।

पत्नी की समझ को उसीके सिन्दूर की तरह सिर पर धारणकर वह महावीर जी की सेवा में लीन हुआ। अब रामायण भी उन्हें पढ़कर सुनाया करता था। रामायण के ऊँचे गूढ़ अर्थ अभी मस्तिष्क में विकास-प्राप्ति नहीं कर सके। पत्नी के बाद पिता तथा अन्य बन्धुओं का भी वियोग हुआ था। राजा ने दया करके एक साधारण नौकरी उसे दी।

उन्हीं दिनों श्री परमहंसदेव के शिष्य स्वामी प्रेमानन्दजी को राजा के दीवान अपने यहाँ ले गये। राजा की परमहंसदेव के शिष्यों पर विशेष श्रद्धा न थी। वह समझते थे, साधु महात्मा वह है ही नहीं, जिसके तीन हाथ की जटा, चिमटा न हों, चिलम भी होनी चाहिए, और धूनी भी। तभी राजा भक्तिपूर्वक गाँजा पिलाने को राजी होते। परन्तु राजा के पढ़े-लिखे नौकर पुराने महात्माओं सा घोंघा समझते थे, राजा को उससे बढ़कर खाजा।

स्वामी प्रेमानन्द जी का बड़े समारोह से स्वागत हुआ। भक्त भी था। दीवान साहब भक्त की दीनता से बड़े प्रसन्न थे। भक्त ने स्वामीजी की माला तथा

परमहंसदेव की पूजा के लिये ख़ूब फूल चुने। स्वामी जी मालाओं में भर गए। हँसकर बोले–"तोरा आमाके काली करे दिली।"

(तुम लोगों ने मुझे काली बना दिया।)

भक्त नहीं समझा कि उस दिन उसके सभी धर्मों का वहाँ समाहार हो गया–ब्रह्मचारी महावीर, उनके राम, देवी और समस्त देव-दर्शन उन जीवित सन्यासी में समाकृत हो गए। बड़ी भक्ति से परमहंसदेव का पूजन हुआ। दीवान साहब कबीर साहब का बँगला-अनुवाद स्वामी जी को सुना रहे थे, राज्य के अच्छे-अच्छे कई अफ़सर एकत्र थे, भक्त तुलसीकृत रामायण सुनाने को ले गया, और स्वामी जी की आज्ञा पा पढ़ने लगा। स्थल वह था, जहाँ सुतीक्ष्ण रामजी से मिले हैं, फिर अपने गुरु के पास उन्हें ले गए हैं। स्वामी जी ध्यान-मग्न बैठे सुनते रहे। "श्यामतामरस-दाम-शरीरम्; जटा-मुकुट-परिधन-मुनि-चीरम्।" आदि साहित्य-महारथ महाकवि गोस्वामी तुलसीदास की शब्द-स्वर-गंगा बह रही थी, लोग तन्मय मज्जित थे। स्वामीजी के भाव का पता न था। भक्त कुछ थक गया था। पूर्ण विराम-वाला दोहा आया, स्वामीजी ने बन्द कर देने के लिए कहा। फिर तरह-तरह के धार्मिक उपदेश होने लगे। स्वामीजी ने दीवान साहब से हर एकादशी महावीर-पूजन और रामनाम-संकीर्तन करने के लिये कहा।

भक्त को नौकरी नहीं अच्छी लगती थी। मन पूजा के सौन्दर्य-निरीक्षण की ओर रहता था। तहसील-वसूल, जमा-ख़र्च, ख़त-किताबत,अदालत-मुक़द्दमा आदि राज्य के कार्य प्रतिक्षण सर्प-दंशवत् तीक्ष्ण ज्वालामय हो रहे थे, हर चोट महावीर जी की याद दिलाने लगी। मन में घृणा भी हो गई, राजा कितना निर्दय, कितना कठोर होता है! प्रजा का रक्त-शोषण ही उसका धर्म है!

उसने नौकरी छोड़ने का निश्चय कर लिया। उस रोज़ शाम को महावीरजी को प्रणाम करके चिन्तायुक्त घर लौटा। घर में दूसरा कोई न था, भोजन स्वयं पकाता था। खा-पीकर सोचता हुआ सो रहा।

समय समझकर महावीरजी फिर आये। उसने आज महावीरजी की वीर-मूर्त्ति देखी। मन इतने दूर आकाश पर था कि नीचे समस्त भारत देखा; पर यह भारत न था–साक्षात् महावीर थे, पंजाब की ओर मुँह, दाहने हाथ में गदा–मौन शब्द-शास्त्र, बंगाल के ऊपर गए बाएँ पर हिमालय-पर्वतों की श्रेणी, बग़ल के नीचे वंगोपसागर, एक घुटना वीर-वेश-सूचक–टूटकर गुज़रात की ओर बढ़ा हुआ, एक पैर प्रलम्ब–अँगूठा कुमारी-अन्तरीप, नीचे राक्षस-रूप लंका-कमल–समुद्र पर खिला हुआ।

ध्वनि हुई–"वत्स, यह वीर-रूप समझो।" इसके बाद स्वामी प्रेमानन्द जी की प्रशान्त मूर्त्ति ऊषा के अरुण प्रकाश की तरह भक्त के सुन्दर मन के आकाश से भी ऊँचे उगी। ध्वनि हुई–"वत्स, यह सूक्ष्म भारत हैं, इससे नीचे नहीं उतर सकते; इनका प्रसार समझ के पार है।" एक बार सूर्य दिखाई दिया, फिर अगणित तारे; प्रकाश मन्दतर होता हुआ विलीन हो गया।

फिर उसके पूजित महावीरजी की वही भक्त-मूर्त्ति आयी, हाथ जोड़े हुए। उसी मुख से निर्गत हुआ–"मैं इसी तत्त्व को हाथ जोड़े हुए हूँ–यही मेरे राम हैं; तुम इसी तरह रहो। किसी कार्य को छोटा न समझो, न किसी की निन्दा करो।"

अन्धकार जल पर एक कमल निकला, हाथ जोड़े हुए बोला–"मैं तो राजा का था, तुमने मुझे क्यों तोड़ा?" फिर गुलाब हिल-हिलकर कहने लगे–"मुझे छूने का तुम्हें क्या अधिकार था?" हाथ जोड़े हुए महावीरजी बोले–"वत्स, यहाँ कौन-सी चीज़ राजा की नहीं है–यह मूर्त्ति किसकी ख़रीदी है? कौन पुजवाता है?"

स्वप्न में आतुर होकर भक्त ने कहा–"ये ग़रीब मरे जा रहे हैं–इनके लिये क्या होगा?"

"ये मर नहीं सकते, इनके लिये वही है, जो वहाँ के राजा के लिये, इन्हें वही उभाड़ेगा, जो वहाँ के राजा को उभाड़ता है, तुम अपने में रहो। दूर मत आओ।"

मन धीरे-धीरे उतरने लगा। देखा, आकाश की नीली लता में सूर्य, चन्द्र और ताराओं के फूल हाथ जोड़े खिले हुए एक अज्ञात शक्ति की समीर से हिल रहे हैं, पृथ्वी की लता पर पर्वतों के फूल हाथ जोड़े आकाश को नमस्कार कर रहे हैं–आशीर्वाद की शुभ्र हिम-धारा उन पर प्रवाहित है; समुद्रों की फैली लता में आवर्तों के फूल खुले हुए अज्ञात किसी पर चढ़ रहे हैं; डाल-डाल की बाहें अज्ञात की ओर पुष्प बढ़ाये हुए हैं। तृण-तृण पूजा के रूप और रूपक हैं। इसके बाद उन्हीं-उन्हीं पुष्पों के पूजा-भावों में छन्द और ताल प्रतीयमान होने लगे–सब जैसे आरती करते, हिलते, मौन भाषा में भावना स्पष्ट करते हों, सबसे गन्ध निर्गत हो रही है, सत्य की समीर वहन कर रही है, पुष्प-पुष्प पर अज्ञात कहाँ से आशीर्वाद की किरणें पड़ रही है, इसके बाद उसकी स्वर्गीया प्रिया वैसी ही सुहाग का सिन्दूर लगाए हुए सामने आयी।

"वत्स, यह मेरी माता देवी अंजना है। इनके मस्तक पर देखो," उसी भक्त-मूर्त्ति की ध्वनि आयी।

मस्तक पर वीर-पूजा का वही सिन्दूर शोभित था। मुस्कराकर देवी सरस्वती ने कहा–"अच्छे हो?"

आँख खुल गई, कहीं कुछ न था।

सखी

आज थिएटर जाने की बात है। माडल हौसेज़ की छात्रा–तरुणियों में निश्चय हो गया है, सब एकसाथ जायँगी। निर्मला, माधवी, कमला, ललिता, शुभा और श्यामा आदि सज-सजकर एक दूसरी से मिलती हुई एकत्र होने लगीं। कमला के मकान में पहले से सबके मिलने का निश्चय हो चुका था। ज्योतिर्मयी उर्फ़ जोत अभी नहीं आयी। समय थिएटर जाने का क़रीब आ गया।

ललिता बोली–"वह आज कॉलेज में इतनी ख़ुश थी कि अवकाशवाली लड़कियों से ग़प लड़ाती मज़ाक़ करती हुई, समय से पहले घर चली आयी थी। पूरे उच्छ्वास से थिएटर चलना स्वीकार किया था। मैंने पूछा भी कि क्या है, जो आज ज़मीनपर क़दम नहीं पड़ रहे हैं। जवाब न देकर मेरी ओर देखकर हँसने लगी।"

शुभा–"तो क्लास नहीं किया?"

"नः," ललिता बोली।

श्यामा–"मुझसे कहा कि पढ़ना-लिखना तो अब यहीं तक समझो।"

निर्मला–"क्यों, उसे कोई अड़चन तो है नहीं; फिर पढ़ाई क्यों बन्द कर रही है?"

श्यामा हँसने लगी। बोली–"वह कहती है, अब पढ़ना छोड़कर पढ़ाना पड़ेगा, इसकी तैयारी करनी है।"

सब हँसती हुई एक दूसरी की ओर देखने लगीं।

माधवी–"इसका मतलब?"

श्यामा हँसकर बोली–"उसे बड़ी चिन्ता है कि शिक्षार्थी आयी. सी. एस. है।"

"अच्छा", कई एकसाथ कह उठीं–"यह बात है!"

ललिता–"तो चलो, उसीके मकान से चला जाय। देखें, आपने अपनी तैयारी में कहाँ तक तरक़्क़ी की।"

सब जोत के मकान चलीं। सब आइसाबेला थाबर्न कॉलेज की छात्राएँ हैं। कोई तीसरे, कोई चौथे, कोई पाँचवें, कोई छठे साल में है। जोत का अभी तीसरा ही साल है।

घर पहुँचकर दंगल-का-दंगल जोत के कमरे में पैठा। वह जैसी जोत है, उसका पहनावा भी वैसा ही जगमगाता हुआ। उस समय वह आयीने के सामने खड़ी मुस्करा रही थी। एकाएक संगनियों को देखकर लजा गई। बोली–"मुझे ज़रा देर हो गई।" वजह कोई न थी। सोचकर कुछ कह दे, हृदय और मस्तिष्क में उतनी जगह न थी–एक अजीब भाव में सारी देह भरी हुई थी, अतः देर के लिए दबनेवाले स्वर में भी उच्छ्वास उमड़ रहा था।

श्यामा बोली–"अब तो हर काम के लिए देर होगी। जल्दबाज़ी सिर्फ़ ख़ास विद्यार्थी को अवैतनिक पढ़ाने के वक़्त हो तो हो।"

सब हँसने लगीं। ललिता ने देखा–मेज़ पर एक खुला अँगरेज़ी लिफ़ाफ़ा पड़ा हुआ है। उठा लिया।

उठाते ही जोत तीर-सी ललिता पर टूटी। पर श्यामा ने पकड़ लिया–"अरे-अरे, अभी से। अभी तो पढ़ने की दरख़्वास्त मंज़ूर होने को आयी होगी।"

ललिता ऊँचे स्वर से पढ़ने लगी। श्यामा जोत को पकड़े रही। चिट्ठी अंग्रेज़ी में थी। आवश्यकता से अधिक लम्बी। बायरन, शेली आदि के उद्धरण थे ही, विद्यापति भी नहीं बचे थे। पकड़ी हुई जोत ख़ुशी में छलक रही थी।

पत्र समाप्तकर सब चलने को हुई; अमीनाबाद से ताँगे कर लेंगी, एक जोत की मोटर में सब अट सकतीं नहीं, क्योंकि सामने ड्राइवर की वजह सीट खाली रहेगी।

जोत को लीला की याद आयी। बोली–"भई, लीला रही जाती है, उसे भी ले लें।"

"उससे चलने की बात तो हुई नहीं, वह शायद ही जाय।" माधवी बोली।

"पक्की कंजूस है। पैसा दाँत से पकड़ती है।" श्यामा ने कहा–"सौ रुपये कम-से-कम ट्यूशन से पाती है, पर हालत देखो, तो मालूम होगा महादरिद्र।"

जोत लजाकर बोली–"तुम्हें तो उसका जीवन-चरित लिखने को मिले, तो चौपट करके छोड़ो। हमारे कॉलेज में एक ही कैरेक्टर है। कहो तो, उसके यहाँ पैदा करनेवाला कौन है? ट्यूशन से अपना ख़र्च चलाती है, छोटे भाइयों को भी पढ़ाती है, साथ घर का ख़र्च भी है। बूढ़ी माँ को कोई तकलीफ़ न हो, इसके लिए बेचारी कितना खटती है! मेहनत की मारी सूखकर काँटा हो रही है। चेहरे में आँखें ही आँखें तो हैं।"

लीला का घर आ गया। सब भीतर धँस गई। लीला पढ़ रही थी।

जोत ने हाथ से किताब छीन ली, थप से मेज़ पर रखकर बोली–"मिस लैला, मजनू के मज़मून में दीवानी न बनो। प्रेम का परिणाम बुरा होता है प्यारी! चलो, कलकत्ते से पारसी कम्पनी आयी हुई है, वहाँ हम लोग धार्मिक शिक्षा ग्रहण करें।"

लीला जोत से दो साल आगे, एम. ए. में है। जोत चंचल है। लीला क्षमा करती है। शीर्ण मुख की बड़ी-बड़ी सकरुण आँखों से देखती हुई बोली–"भई, तुम लोग जाओ। मुझे इतना समय कहाँ?"

"समय नहीं, पैसे कहो।" श्यामा बोली।

"अच्छा, पैसे सही। कालेज के अलावा पाँच घण्टे पढ़ाती हूँ। डाक्टर साहब बड़े आदमी हैं। लड़कियों की पढ़ाई के लिये साठ देते हैं। मेरी हालत भी जानते हैं। तअल्लुक़दार रघुनाथसिंह की नई पत्नी को पढ़ाती हूँ, चालिस वहाँ मिलते हैं। इसी में घर का कुल ख़र्च है। इतने के बाद अपने पढ़ने के लिये भी समय निकालना पड़ता है। दिक़्क़त तुम लोग समझ सकती हो। ऐसी हालत में समय और पैसों की मुझे कितनी तंगदस्ती हो सकती है।"

"अच्छा महाशयाजी, चलिए।" जोत बोली–"आपके लिये फ़्री पास का प्रबन्ध हो जायगा।"

"तुम तो आज म्यान से निकली तलवार-सी चमक रही हो जोत! क्या ख़ुशी है?" लीला ने धीर स्नेह-कण्ठ से पूछा।

"महाशयाजी, जो किसी के हलक़ से नीचे उतरकर सर चढ़ी हो, वह शराब हैं यह अब।" मुस्कराकर सुभा ने कहा।

"नहीं", कमला बोली–"अभी तो–देख लो न इनकी तरफ़–होठों पे हँसी, अबरू पर ख़म, इसलिये इक़रार भी है, इनकार भी है।"

"बात क्या है?" अनजान की तरह देखते हुए लीला ने पूछा।

"पूरा रहस्यवाद उर्फ़ छायावाद।" निर्मला ने कहा–"वाद-विवाद में देर हो रही है। प्रकाशवाद यह है कि इनके पास मिस्टर श्यामलाल आयी. सी. एस. का पत्र आया है कि आप अगर मन्ज़ूर करें, आपको अपना सर्वस्व–तीन हज़ार मासिक–प्रेम की पर्मानेंट शिक्षा के लिये देकर मिस्ट्रेस बनाने की प्रार्थना करता हूँ। अब तो आया समझ में?"

"तो क्या तुम्हारे पिता जी राज़ी हो गए?" लीला ने जोत से पूछा।

"ख़ूब कही!" जोत बोली–"जहाँ आयी. सी. एस. वर मिलता हो, वहाँ पिता जी ख़ुद ब्याह करने को तैयार हो जायें।"

कमरा खिलखिलाहट से गूँज उठा।

"तुम लोग भई जाओ, माफ़ करो, मुझे समय नहीं है।"

"नहीं महाशयाजी, आप तो फ़र्स्ट क्लास लें, और हम लोग वहीं पैर रगड़ते रहें, ऐसा नहीं होने को। आपको चलना होगा, कपड़े बदलिए।"

जोत लीला को प्यार करती है, सम्मान भी देती है। लीला भी जानती है, जोत की खुली ज़बान में हृदय की क़ीमती बहुत-सी चीज़ें खुली रहती हैं। इसलिए उसका प्रस्ताव मंज़ूर कर, कपड़े बदलकर साथ चल दी।

तीन बजे से पहले ही लीला का क्लास खत्म हो जाता है। वहाँ से वह तअल्लुक़दार साहब की पत्नी को पढ़ाने के लिये भैंसाकुण्ड जाया करती है। रोज़ बहुत चलना पड़ता। किसी तरह साइकिल ख़रीद सकती है। पर सीखने की लाज कि मैदान में मर्दों के सामने बेहयाई होगी, कौन पकड़कर चलाएगा, गिरूँगी तो लोग हँसेंगे आदि-आदि–बाधक होती है। इसलिये चलने की काफ़ी मेहनत गवारा करती है।

भैंसाकुण्ड से साढ़े पाँच-छ के क़रीब लौटती हुई कई रोज़ से देखती है–दो मुसलमान उसका पीछा करते हैं। वे आपस में न जाने क्या बातचीत करते हैं। कभी-कभी पास आ जाते हैं। हृदय धड़कने लगता है। पर वह जल्द-जल्द चली आती है। ज्यों-ज्यों तेज़ चलती है, वे भी त्यों-त्यों तेज़ पीछा करते हैं। किससे कहे? भैंसाकुण्ड का बहुत-सा रास्ता बँगलों तथा बग़ीचों के कारण सुनसान निर्जन रहता है। धड़कते कलेजे से साधारण बस्ती के पास आकर साँस लेती है।

मन-ही-मन अपनी असमर्थता पर लीला को बड़ा क्षोभ हुथा। दुबलों को सब सताते हैं। पर आप ही शान्त हो जाना पड़ा, क्योंकि अपनी हद में वही अपना उपाय सोचनेवाली थी। माता से नहीं कहा कि कहीं वह रोक न दें; ख़र्च के लिये फिर क्या होगा?

एक दिन लौटते हुए उन्हीं में से एक को अश्लील बकते हुए सुना–जैसे सुनाकर बातें कही जा रही हों। वह तेज़ क़दम चलने लगी। वे भी उसी हिसाब से बढ़ते गए–तीन-ही-चार हाथ का फ़ासला था। ऐसे समय उनके साहस की ऐसी बात उसने सुनी, जो उसकी मर्यादा के प्रतिकूल थी। भय से एक प्रकार दौड़ने लगी। सामने एक हैट-कोट पहने देशी साहब आते हुए देख पड़े। लीला उनकी तरफ़ कुछ तेज़ बढ़ी। उन्हें देखकर बदमाश लौट गये। लीला उनके पास पहुँचकर हाँफती हुई बोली–"आज कई रोज़ से दो बदमाश मेरा पीछा करते हें। में तअल्लुक़दार रघुनाथसिंह की पत्नी को पढ़ाने जाती हूँ। लौटते समय राह पर मिल जाते हैं।"

मुझे ऐसी-ऐसी बातें आज कहीं–"कह-कर अपने को सँभालने लगी।"

बिजली की रोशनी में बड़ी-बड़ी आँखों से आँसू गिरते हुए देखकर साहब क्रोध से रास्ते की ओर देखने लगे। बोलें–"वे लोग मुझे देख-कर भाग गये शायद। यह सामने मेरा ही बँगला है। आइए, आपको मोटर पर भेज दूँ।" "पर, फिर?–" साहब सोचते हुए चले, पीछे-पीछें लीला।

अहाते के भीतर बग़ीचे के पास साहब खड़े हो गए। बँगले के सामने की बिजली से लीला का दुबला सुन्दर कुछ लम्बा गोरा मुख, बड़ी-बड़ी आँखें दीख रही हैं। साहब ने दुख के करुण चित्र का सौंदर्य देख कर पूछा–"आपका शुभ नाम?"

"मुझे लीला कहते हैं।" निगाह झुकाती हुई लीला बोली।

"आप ही को अपनी सँभाल करनी पड़ती है; आप–आप शादीशुदा तो है?"

"जी नहीं, मैं आइसाबेला थाबर्न कालेज की छात्रा हूँ।"

"किस क्लास में आप हैं?"

"एम. ए. में।" धीमे स्वर से कहकर समझ की लाजभरी पलकें झुका लीं।

कुछ आग्रह से साहब ने पूछा–"आप ब्राह्मण हैं?"

"जी नहीं, कायस्थ हूँ।"

"यहाँ कहाँ रहती हैं?"

"माडेल हौसेज़ में।"

साहब कुछ चौंके। पूछा–"आपके वहाँ कोई ज्योतिर्मयी रहती हैं? आपके कालेज की बी. ए. पहले साल की छात्रा हैं।"

लीला भी चौंकी। कुछ हिम्मत हुई। लजाकर पूछा–"जनाब का नाम?"

"मुझे श्यामलाल कहते हैं। अरे ए, कार तो ले आने को कह दे।"

लीला का संकोच बहुत कुछ दूर हो गया। बोली–"हाँ, आपका ज़िक्र मैंने सुना है।"

साहब की उत्सुकता बढ़ गई। बड़ी उतावली से "कहाँ सुनी?" पूछा।

लीला मुस्कराई। कहा–"जोत की सखियों से, उसकी एक चिट्ठी चुरा गई थी।"

साहब उतरे स्वरों में बोले–"उनका कोई जवाब अभी नहीं मिला। उनके पिता जी मेरे वलायत रहते समय मेरे पिता जी से मिले थे। मेरे पास उनका चित्र गया था। वलायत से लौटकर एक पत्र मैंने लिखा था अभी मैंने उन्हें देखा नहीं। तारीफ़ सुनी है।" कहकर साहब कुछ चिन्ता करने लगे।

मोटर आ गई।

मुस्कराकर लीला ने वादा किया कि वह जोत से पत्र लिखने के लिये कहेगी। साहब आँखें झुकाए चुपचाप खड़े रहे। कुछ देर बाद बोले–नहीं, "आप ऐसा कुछ मत कहें।" फिर मोटर पर चढ़ने के लिए लीला को आमन्त्रित किया।

नमस्कार कर लीला बैठ गई। मोटर चल दी।

तीसरे दिन बाबू श्यामलाल को जोत का उत्तर मिला। लिखा था–जनाब, मैंने आपको जवाब इसलिए नहीं दिया कि जवाब देना सभ्यता के खिलाफ़ है। आज लीला दीदी से आपके मिलने की सांगोपांग बातें मालूम हुईं। जिस मजनू की जो लैला होती है, वह इसी तरह उसे आप मिलती है। अपनी लैला की आप हमेशा रक्षा करें, आपसे सविनय मेरी प्रार्थना है। तब मेरा-आपका रिश्ता और मधुर हो जायगा, क्योंकि बहन जिसे ब्याहती है, वह अगर पत्नी की बहन को साली कह सकते हैं, तो पत्नी की बहन भी उन्हें वही पुरुष-सम्बोधन कर सकती है। आशा है, मेरा-आपका यह सम्बन्ध स्थायी होगा।

आपकी

जोत

प्रेमपूर्ण तरंग

बाबू प्रेमपूर्ण मेरे अभिन्न हृदय मित्र हैं। मेरे बी.ए. क्लास के छात्रों में आप भी सबसे वयोज्येष्ठ हैं। आपकी बुद्धि की नामतौल इस वाक्य से पाठक स्वयं कर लें कि जब मैं कॉलेज में भर्ती हुआ, तभी से आप कॉलेज की चौथे साल की पढ़ाई रट रहे हैं–गोया मेरे देखते-देखते बी.ए. की परीक्षा में तीन बार फेल हो चुके। किन्तु फिर भी आप प्रतिभा से प्रवन्चित नहीं हैं। यदि किसी को उनकी प्रखरत की परीक्षा लेना हो तो उनसे वाद-विवाद और चाहे वितंडावाद तक करके देख ले। उनके वाग्वाणों के अव्यर्थ सन्धान से प्रोफेसरों के भी हाथ से पुस्तक छूट पड़ती है–मारे भय के या मारे क्रोध के–यह बतावें तो वही बता सकते हैं। प्रेमपूर्ण को ऐसे और भी अनेक गुणों से आप पूर्ण पाइएगा। इन्हीं कारणों से हम लोगों ने आप ही के सिर पर लीडरी का सेहरा बाँधा है। किसी भी पराक्रमी तर्क-शिरोमणि की क्या मजाल जो हमारे प्रेमपूर्ण जैसे वाकसिद्ध धुरन्धर विद्या-लवणार्णव के रहते छात्रालय के सरस्वती के सपूतों को नीचा दिखावे ! अगर कोई बुरी लत उनमें है तो वह है रोमेंस की तलाश। जब देखिए, आप रोमेंस के ही रहे ! फेल होने का यह भी एक मुख्य कारण है। हिना 'रोमैंटिक' नॉवल की कुछ पंक्तियों की आवृत्त किए रात को आपकी आँखें नहीं लगती। संक्षेप में, आप कई विचित्र भावों के आधार नहीं, पूर्णादार हैं। सबसे उल्लेखनीय कौतुक तो यह है कि प्राचीन काल के नामों की तरह ज्योतिर्विदों ने आपका नाम गुणानुसार ही रखा है। बिहारी सतसई के हर एक दोहे को अपने छात्र-जीवन में ही सार्थकता की चरम सीमा तक पहुँचा दिया है। कदाचित आप हिन्दी लिखना जानते होते तो बिहारी सतसई तथा अपर श्रृंगारी कवियों की कृति पर सजीवल भाष्य लिख देते। फिर तो आपकी अनुदार मूर्ति से हिन्दी साहित्य का पिण्ड छुड़ाने कि लिए लोग हिन्दी साहित्य-सम्मेलन के सभापति के आसन पर आपको प्रतिष्ठित करके सविनय कहते ही–खुलकर न सही, मन-ही-मन सही–कि 'प्रभो, अब 'दूरमपसर' साहित्य का सत्यानाश ख़ूब किया आपने, बस, अब कृपा कीजिए !'

हम लोग प्रेमपूर्ण जी की प्रेम-कथा सुनते-सुनते ऊब गए थे। बंकिम बाबू ने अपने उपन्यासों में किसी नायक को एक से अधिक नायिका नहीं दी; हाँ कहीं-कहीं अशुद्ध को विशुद्ध या विशुद्ध को अशुद्ध करने के विचार से उन्होंने एक नायिका को दो-दो नायकों के प्रेम के कटीले मार्ग पर चलाया है। (कदाचित एक नायिका के पीछे दो-दो नायकों को भी भिड़ाया है; हम इसकी कसम नहीं खाते। अस्तु) यही हाल शेक्सपीयर का भी है। परन्तु यहाँ तो एकमात्र नायक प्रेमपूर्ण के पास प्रतिदिन एक नई नायिका की चिट्ठी आती है। ताज्जुब तो यह कि इनकी सभी नायिकाएँ पढ़ी-लिखी होती हैं। किसी के पत्र में लिखा है–आपको देखकर जी व्याकुल है; किसी के पत्र में है–रात को नींद नहीं आती–करवटें बदलते-बदलते रात पार हो गई; किसी के पत्र में है–बिन देखे नहिं चैन। प्रेमपूर्ण से जब पूछिए कहाँ चले मेरे यार ? तब यही उत्तर सुनिए कि इससे मिलने जा रहा हूँ–उससे मिलने जा रहा हूँ–पत्र आया है। प्रमाणस्वरूप पत्र खोलकर दिखा देते। वे कोई ऐसे-वैसे प्रेमी नहीं हैं कि मुँह छिपाते, दिल के बड़े पाक-साफ़ हैं। उनका अधिकांश समय इस प्रकार प्रेंमिकाओं से मिलने में ही व्यतीत होता है। उनके फेल होने का यह एक ग़ौरवपूर्ण कारण है।

आज सुबह को ही मैं 'माधुरी' में प्रकाशित द्विवेदी जी का एक लेख पढ़ रहा था कि प्रेमपूर्ण हाथ कें चिट्ठी लिए आ पहुँचे। झुककर लेख का शीर्षक देखते ही कहा, ''उँः, क्या पढ़ते हो ! इस नीरस लेख में क्या रखा है ! जरा इधर देखो यह पत्र पढ़ो तो, वह सरस शैली है कि पढ़ते ही मुग्ध हो जाओगे।' फौरन मेरी समझ में आ गया कि यह वही नित्य की क्रिया है। मैंने झुँझलाकर कहा, ''जब तक मैं इस लेख को समाप्त नहीं कर लूँगा, तब तक तुम्हारी चिट्ठी नहीं पढ़ सकता; यह विद्वान का लेख छोड़ दूँ और तम्हारे पत्र में 'किसके कलेजे में कटार भोंका' देखूँ, क्यों न ?''

लेख समाप्त करके प्रेमपूर्ण की चिट्ठी पढ़ने लगा। लिखा था : 'जब से आपको देखा, तब से जी बेहाल है। यही आशा लगी है कि आप कब मिलेंगे। लिखने को तो बहुत जी चाहता है, परन्तु ज़्यादा लिखूँगी तो आप भी क्या समझेंगे। लज्जावश हृदय के भाव प्रकट न कर सकी और प्रकट करना असम्भव भी है, आप सहृदय हैं, समझने में देर न होगी कि मैं किस हालत में हूँ। रथयात्रा के दिन बडा बाज़ार में मिलिये। अवश्य मिलिये, नहीं तो मैं जान पर खेल जाऊँगी। तरस-तरसकर मरने से एकदम कूच कर जाना कहीं अच्छा है।

मैं आपकी
'तरंग'

पत्र को मैंने ध्यान से पढ़ा। मेरी दृष्टि अन्त की चार पंक्तियों में अटकी। देखकर प्रेमपूर्ण बोले, ''यह सब इस देव-दुर्लभ सौन्दर्य की करामात है बच्चू, समझे ?''

मैंने पूछा और संग का असर बड़े-बड़े पर पड़ जाता है–कि ''क्योंकि, तुमने कहीं वशीकरण तो नहीं सिद्ध कर लिया ? क्या बात है तो तुम्हारे पीछे स्त्रियाँ इस तरह हाथ धो कर पड़ जाती हैं ? कुछ हमें भी सिखाओ, तुम्हारा बड़ा जस मानूँगा सच कहता हूँ !''

प्रेमपूर्ण: ''क्या सिखावें ! तुम्हारे चेहरे पर कहीं लावण्य का नाम भी तो हो ! तुम्हें तो देखते ही 'शुष्कं काष्ठं तिष्ठत्यग्रे' की याद आ जाती है। अगर मेरे तरह इस असार संसार में स्वच्छन्द विहार करना चाहो तो भरते जाओ रोमेंस के भाव, जब सिद्ध हो जाओगे तब तुम्हारा हृदय ही प्रेम का केन्द्र बन जाएगा। फिर तो चुम्बक पत्थर लोहे को–वह कहीं भी हो–आप खींच लेगा।'' मैं : ''ठीक है, तो सिद्ध कब तक हो सकूँगा ?''

प्रेमपूर्ण : इसकी कोई मियाद नहीं। मेहनत जितनी ही करोगे। मजा भी उतनी ही चखोगे।'' आज रथ यात्रा का दिन है। कॉटन स्ट्रीट की कौन कहे, सेन्ट्रल एवेन्यू में भी गाड़ियों का ताँता ही ताँता देख पड़ता है। फुटपाथ न होते तो आदमियों का चलना मुश्किल था। कितने ही लोग तो केवल इसी सुभीते के कारण भीड़ की जाँच-पड़ताल और अखबारों के लिए समाचार-संग्रह करना छोड़ सरकार की भरमुँह तारीफ़ करने लगे। अनेक को यह कहते सुना, ''सर्कार दयालु, दानी, देता है दया से दान।'' इस उच्छवासमयी कविता सुनते ही किसी समालोचक महोदय से न रहा गया, वे बोल उठे, ''सर्कार' की जगह यदि 'सर्कर' होता तो छन्द शुद्ध उतरता 'सर्कार' शब्द कानों को कोंचता है।

इधर प्रेमपूर्ण का और ही हाल था। पास तो उनके छदाम न था, लेकिन रोबदाब देखिए तो लखपति की भी शान को मात करते थे। वह ट्रेंगल्कट फैशनेबल बालों की बहार ! वह इलाहाबादी सिर पर लखनवी ठाठ-बाट से बनारसी टोपी ! आधुनिक सभ्यता के अदब से वह बैसाखी मुस्कुराहट ! नुकीली नाक पर वह चशमा ! हरे-हरे! हाथ में रिस्टवाच, पैरो में दिल्ली का काम़दार जोड़ा; कहाँ तक लिखें, गोया आपके चेहरे पर प्राच्य और पाश्चात्य भाव एक-दूसरे से सप्रेम आलिंगन कर रहे थे। पीछे चोटी और आगे इंग्लिश फैशन ! उधर कानों के दोनों बगल के बाल नदारद और अधर मूँछें हवा में हिलोरें ले रही थीं।

बेचारे ने तमाम मेला छान डाला पर कहीं कोई नहीं। किसी की मोटर निकलती, बग्घी आती, तो आपके प्रेम-पिपासु नेत्र स्वागत के लिए बढ़ जाते। किसी महिला

की मोटर किले के मैदान की ओर जाती तो आपकी मुरझाई हुई आशा की कली पर वासन्ती मलय का एक मधुर झोंका-सा लग जाता। हृदय में ध्वनि गूँज उठती, 'वह आयी।' उच्छ्वास का झोंका खाकर खिला हुआ प्रेमकुसुम प्रेमिका की सेवा में स्वीकृत होने के लिए जाता, परन्तु बदले में मिलती थी-घृणा, तिरस्कार और प्रत्याख्यान। इस तरह बेअदबी का नतीजा हाथोंहाथ मिल जाता था। परन्तु आदत तो बुरी बला होती है। दूसरे, आशा इतने सहज ही क्यों छूटने लगी? एक न हुई तो दूसरी अवश्य होगी। बस, इसी विश्वास से एक दूसरी मोटर पर नज़र डालते। वहाँ से भी चोट खाकर वापस आना पड़ता। यदि कलि-महाराज समय के सम्राट न होते तो उस दिन आप पर जैसी मूसलाधार अग्निवर्षा हुई, उसे देखकर तो यही अनुमान होता है कि आप भस्म हुए बिना हरगिज न बचते। आपके बाप-दादों के बड़े भाग्य थे जो सही-सलामत घर पहुँच गए। घर पहुँचते ही प्रेमपूर्ण मझसे सारी विपत्तियों का बयान करने लगे। इतने में डाकिया चिट्ठी लेकर आया। एक पत्र प्रेमपूर्ण का भी था। लिफाफे के हस्ताक्षरों पर नज़र पड़ते ही उनके चेहरे पर दूनी रोशनी आ गयी। मैंने पूछा, "क्यों भई, क्या है जो मन-ही-मन ख़ुश हो रहे हो ?"

वे वही रोमेंस की हँसी हँसकर बोले, "उसी का पत्र है, क्या लिखा है, सुनो :

हमारे प्यारे,

मेरे भाग्य ही खोटे थे जो रथयात्रा के दिन मैं आपसे नहीं मिल सकी। क्षमा कीजिएगा। आपकी सेवा में मैंने जो पत्र भेजा था, उसमें यह लिखना भूल गयी थी कि अमुक स्थान पर आपसे मैं मिलूँगी। यह मुझे तब मालूम हुआ जब मैंने आपके पत्र की दूसरी कॉपी देखी जो मेरे पास ही थी। अब आप मुझसे अलफ्रेड थिएटर में, फर्स्ट क्लास में, कल अवश्य मिलिए।

आप ही की

'तरंग'

सोमवार, आषाढ़ सुदी तीज, 1979

29, डीयर लेन, कलकत्ता

शाम हो गई थी। प्रेमपूर्ण बातचीत करना भूल गए। मुझसे कहा, "अब देर न करनी चाहिए। आज 'पत्नी-प्रताप' का खेल होगा। बड़ी भीड़ होती है। जल्दी न जाएँगे तो टिकट नहीं मिल सकता। आज भेंट अवश्य हो जाएगी, क्यों न ?"

इन इतने प्रश्नों का एक ही उत्तर था। सो मैंने 'न' में 'हाँ' मिलाकर बेमेल का मेल पूरा कर दिया।

रात के दो बज चुके हैं। दरवाजे की खड़खड़ाहट से मेरी नींद उचट गयी। जब किसी की सुख की नींद में बाधा पड़ती है तब विघ्नकारी चाहे परम मित्र ही हो, परन्तु इस हरकत से नवाबी की याद आती और दुश्मन का सिर काट लेने को जी चाहता है। नामर्द जमाने से तंग आकर, किसी बेगुनाह को कोसते हुए उठा और दरवाजे के पास जाकर पुकारा, "कौन है ?"

"अरे यार, मैं हूँ प्रेमपूर्ण।" आवाज बेजान थी। बस, इतनी भूमिका से प्रेमपूर्ण के वियोगान्त नाटक का बहुत कुछ पता मिल गया। आख़िर दरवाजा बन्द करके मैं उन्हें अपने कमरे में ले गया। फिर तो इस विशुद्ध प्रेम के कौतूहल के आगे 'नैनन को छोड़ नींद बैरन बिदा भई', और लगा मैं पूछने कि आज अपनी 'तरंग' में कितने गोते लगाए ? बहे-डूबे या सदेह बच आए ? प्रेमपूर्ण के सचिन्त मौन से यह सूचित हो रहा था कि उनकी 'तरंग' ही नहीं आयी। फिर कौन गोते लगाता? विरक्ति के भय से मुझे ज़्यादा छेड़छाड़ करने का साहस नहीं हुआ। न जाने वे अपनी उदास आशा को किन वाक्यों से और कब तक समझाते रहे!

सुबह होते ही प्रेमपूर्ण का एक पत्र और आया। पत्र किसने लिखा, इसकी बिना ढूँढ़-तलाश किए ही मेरे मुँह से निकल गया, 'हो तो यार, चुम्बक पत्थर, पर लो खींच, या कि खिंच आओ, लो बुला या कि ख़ुद जाओ।' मेरी कवित्व-कला में दूसरों के लिए भले ही सरसता की मात्रा न हो और वे आँखों से पढ़कर कानों से उसे बाहर निकाल दें, पर प्रेमपूर्ण तो उसे सुनते ही खिल उठे। मुझे रोमेंस की नज़र से देखते हुए उन्होंने लिफाफे का बन्द खोला। रातभर की परेशानी और सुबह की खुमारी एक ही सेकंड में

....

....

नहीं आयी तो न सही, पर क्या वहाँ तुम्हें चुल्लू-भर पानी भी नहीं मिला?

मैं हूँ

एक 'तरंग'

आषाढ़ सुदी 8, बृहस्पति, 1979

29, डीयर लेन, कलकत्ता

मैंने कहा, "एक उपाय अब और करके देखो। 29, डीयर लेन में कौन रहता है, इसका भी पता लेना चाहिए।"

मेरी बात मानकर बेचारे प्रेमपूर्ण 29, डीयर लेन तक गए। वह प्रेमिकागार के बदले छात्रागार निकला जिसमें उन्हीं के सहपाठी छात्र रहते थे। सब-के-सब उन्हें देखते ही हँस पड़े।

न्याय

अभी ऊषा की रेशमी लाल साड़ी प्रत्यक्ष हो रही है–भास्कर-मुख अपर प्रान्त की ओर है, केवल केशों की सघन व्योम-नीलिमा इधर से स्पष्ट। मुख का मृदु-स्पर्श प्रकाश, लघुतम तूलि जैसे, पर दिगन्त-शोभा से उतरकर तंद्रा से अलस जीवों को जगा रहा है। खिली अमल-तास की हेमाँगी शाखाएँ तरुणी-बालिकाओं-सी स्वागत के लिये सजकर खड़ी हैं। पवन पुन:-पुन: ऊषा का दर्शन शुभ-मधुर सन्देश दे रहा है। निबिड़ नीड़ाश्रय से विहंग प्रभाती गा रहे हैं।

इस सुख के समय गोमती-तट से क्षिप्र-गति दो-एक भ्रमणशील शिक्षित युवक शंकाकुल लौटते हुए देख पड़ते हैं, जैसे शीघ्र घर लौटकर भ्रमण के लिये जाने का सत्य भी छिपाना चाहते हों। भय और उद्वेग का अशुभ कारण कोई किसी से नहीं कह रहा।

उसी रास्ते के दूसरी ओर वकील लाला महेश्वरीप्रसाद रहते हैं। रोज़ सुबह उसी रास्ते घड़ी और छड़ी लेकर टहलने जाते हैं। उधर चले, तो लौटनेवाले एक अजाने आदमी को देखकर मन में चौंके। उससे घबराकर चलने का कारण डरते डरते पूछा। उत्तर में, सँभलकर उसने कहा–"आपको भ्रम हो रहा है, मैं घबराने क्यों लगा?"–फिर अपना रास्ता नापा। वकील महेश्वरी प्रसाद आगे बढ़े। गोमती के किनारे कुछ दूर जाने पर एक बड़ी करुण आवाज़ आयी–"भैया! मुझे निकाल लो, तीन आदमी सुन-सुनकर चले गए, दया करो, मैं आप नहीं निकल सकता, ज़ख्मी हूँ, रात को मारकर डाल दिया है बदमाशों ने।"

वकील साहब के कलेजे में हूक-सी लगी। उल्टे पैर भगे। उनका बँगला पास ही था। रास्ता छोड़कर खेतों से दौड़े। एक दूसरे बँगले से एक युवक उनकी चाल देखकर हँस रहा था। हाथ के इशारे से वकील साहब ने उसे पास बलाया। युवक चला गया। घबराये हुए गोमती की तरफ़ उँगली उठाकर वकील साहब ने

कहा–"वहाँ जाओ, देखो।" कहकर बँगले की तरफ़ बढ़े। युवक गोमती की तरफ़ गया।

घायल की दशा देखकर युवक को दया आ गयी। उसके सीने में दोनों तरफ़ से छुरा भोंका गया था। गोमती के प्रवाह से देह का तमाम खून बह गया था। पर वह साधारण मनुष्य से ज़्यादा सचेत था, आवाज़ ज़्यादा साफ़। वीर कर्त्तव्य की ओर देखता है, काल्पनिक भविष्य-विपत्ति की ओर नहीं। उस घायल की रक्षा के लिये उसके विशाल हृदय में सहानुभूति पैदा हुई, व्यायाम से कसी बाहें अपनी ही शक्ति से वासस्थल तक ले जाने को फड़कने लगीं। आँखों ने अपने भाई को देखा।

एक हाथ जाँघों से, एक गर्दन से निकालकर अनायास युवक उसे अपने डेरे को ले चला। जल से निकलकर ही घावों की पीड़ा से घायल चीत्कार करने लगा। नज़दीक ही युवक का डेरा था। अपने बिस्तरे पर ले जाकर लेटा दिया। कपड़े की रगड़ से पीड़ा बढ़ रही थी; घायल ने उतार देने के लिये कहा, सँभालकर युवक ने एक-एक कपड़े उतार दिये।

फिर काग़ज़ लेकर उसके बयान लिखने लगा। घायल को बेहोशी आ रही थी, कहते-कहते भूल जाता था। कुछ असम्बद्ध उक्तियाँ युवक ने लिख लीं। घायल मूर्च्छित हो गया।

युवक व्यग्रता से निश्चय न कर सका कि क्या करें, पहले थाने में रिपोर्ट लिखवायें या अस्पताल ले जायें। घायल की प्रति-मुहूर्त बढ़ती हुई बुरी हालत एक बार उसे थाने की ओर ढकेलती, फिर अस्पताल की ओर। अन्त में अस्पताल ले जाने का ही निश्चय किया। पास एक रईस रहते थे। उनके यहाँ जाकर उसने कुल क़िस्सा बयान किया, और उनकी मोटर माँगी। उन्होंने घड़ी देखकर कहा–"सिर्फ़ छ मिनट समय रह गया है, हमें डिप्टी कमिश्नर साहब से मिलने के लिये जाना है।" कहकर निगाह फेर ली। एक बार उनकी तरफ़ देखकर युवक अपने कमरे में चला आया। उस बँगले में 3-4 भले आदमी किराये पर रहते थे। जब घायल को लेकर युवक आया था, तब थे; घायल के मौन होते ही सब लोग उसकी साँसों से जागृत् बँगले के शरीर से स्वप्न की तरह अदृश्य हो गए। घबराया हुआ युवक रास्ते पर आकर खड़ा हुआ। एक खाली ताँगा सवारी छोड़कर कार्लटन होटल से निकला। कुछ हाल न कहकर युवक ने ताँगा बुला लिया। बँगले जाकर ताँगेवाला ज़ख्मी को देखते ही बिगड़कर बोला–"आप हमें फँसाना चाहते हैं? यह रास्ते भर को भी तो न होगा!" कहकर उसने अपना ताँगा बढ़ाया। युवक को काठ मार गया। कुछ देर खड़ा कवियों के स्वर्गतुल्य, अप्सराओं के नूपुरों से मुखर, इस मनोहर संसार को

भावना की अचपल दृष्टि से देखता रहा, फिर घायल के पास गया। देखा, सब खेल खत्म हो चुका है। साँस देखी, नाड़ी देखी, कहीं से भी उसके अस्तित्व का प्रमाण नहीं मिल रहा है। सूख गया। सिर्फ़ उसका नौकर मालिक की आज्ञा-पूर्ति के लिये मुस्तैद उसकी तरफ़ देख रहा था। हताश होकर युवक कुर्सी पर बैठ गया। एक चिट्‌ठी लिखकर नौकर से 'वसंतावास' दे आने के लिये कहा। नौकर चिट्‌ठी लेकर गया, युवक थाने की ओर चला।

रिपोर्ट अधूरी और ऐसी थी कि साथ-साथ दारोग़ाजी की तहक़ीक़ात की ज़रूरत हुई। वह युवक के साथ हो लिये। बँगले पहुँचकर देखा, एक लाश पलंग पर पड़ी है; सीने में दोनों तरफ़ से छुरे की तरह कोई अस्त्र भोंका गया है।

पूरी मुस्तैदी से गोमती-तट, मृतक के लेटने की विधि आदि की परीक्षा कर, निर्भय, निश्चिन्त होकर दारोग़ाजी कुर्सी पर बैठ गये, और गंभीर प्रभावोत्पादक स्वर से पुन: पूछने और बयान लिखने लगे।

"आपने इसे कहाँ देखा है?"

"एक बार कह चुका हूँ।"

"आप वहाँ कैसे गए?

"मुझसे वकील बाबू महेश्वरीप्रसाद ने कहा वह उस तरफ़ वाले बँगले में रहते हैं।"

थानेदार साहब ने बाबू महेश्वरी प्रसाद को कारण बताकर ले आने के लिये एक कान्स्टेबिल को भेज दिया।

"फिर आपने क्या किया?"

"मैं इसे उठा लाया, यह निकाल लेने के लिये मुझे देखते ही पुकारकर कहने लगा था।"

"आप कैसे ले आए?"

"बाहों पर उठाकर।"

दारोग़ा जी ने एक बार युवक के पुष्ट शरीर की ओर देखा।

"फिर आपने क्या किया?"

"इसके कहने पर कपड़े उतारे, फिर पूछ-पूछकर बयान लिखने लगा।"

"दिखलाइए वह काग़ज़।"

युवक ने काग़ज़ दे दिया। पढ़कर थानेदार साहब जामे से बाहर हो गये। डाँटकर कहा—यह कोई बयान है? नाम है किरिश्नाचरन (कृष्णचरण), बस, बाप का नाम?

"क़ौम?"

"क़ौम के लिये मैं पूछ रहा था, पर वह बोल नहीं सका।"

पूरे सन्देह की दृष्टि से थानेदार साहब ने युवक को देखा। व्यंग्य करते हुए बोले–"आप जब गये थे, तब पानी में डूबा हुआ यह साफ़ आवाज़ निकाल रहा था, पर आपके यहाँ आते ही इसकी ज़बान में ताला पड़ गया।"

युवक ने भी व्यंग्य किया–"जी हाँ, जब यहाँ मरा रक्खा है, तो वहाँ भी क्यों न मरा रक्खा होगा?"

क्रूर दृष्टि से थानेदार साहब ने युवक को घूरा। कहा–और 'चौक से आ'–"इसके क्या मानी?"

"यह मैं क्या बताऊँ? मैंने पूछा था, वह सवाल ऊपर लिखा हुआ तुम कैसे मारे गए, तो 'चौक से आ' कहकर चुप हो गया।"

"फिर 'किसने मारा?'–'मह'। 'मह' ने मारा? 'मह' क्या बला है?"

युवक थानेदार साहब की स्वगतोक्ति सुनकर मन-ही-मन भारतवर्ष की पुलिस के साथ वलायत की पुलिस को मिला रहा था, इसी समय सिपाही बाबू महेश्वरीप्रसाद के यहाँ से संवाद लेकर लौटा, दारोग़ाजी से कहा–"बाबू महेश्वरीप्रसाद बँगले में नहीं, उनके नौकर ने कहा है, कल अदालत से लौटकर शामवाली गाड़ी से वकील साहब घर गये हैं।"

थानेदार साहब की शंका बढ़ गई। पर रह-रहकर सोच रहे थे–"इसने वकील साहब का नाम क्यों लिया?" समाधान करते थे–"मुमकिन, किसी दुश्मन पर होने वाली वारदात के लिये वकील ने पहले से कह रक्खा हो कि हम ऐसा कह देंगे, तो तुम छुट जाओगे।" निश्चय किया–"यह जैसा तगड़ा है, यह अकेला भी इसे मार सकता है।"

मन में विश्वास भर गया, इसलिये स्वर भी शंका के बाद निश्चय में बदल गया। मृतक के कपड़ों की जाँच करते हुए दारोग़ाजी को जेब में जनेऊ मिला। निश्चय पर ज़ोर पड़ा–यह जनेऊ छिपाया गया है। पूछा–"यह जनेऊ किसने निकाला?"

"मुझे नहीं मालूम।"

दारोग़ाजी ने गम्भीर होकर पूछा–"तो फिर आपको क्या मालूम है?"

युवक क्रोध से चुप हो गया। दारोग़ाजी ने पूछा–"आपने फिर क्या किया?"

युवक ने सोचा–"अब मोटरवाली बात कहता हूँ, तो सम्भव है, मोटर-मालिक वकील साहब की तरह उस समय मौजूद न रहें।" फिर कहा–"फिर अस्पताल ले

जाने के लिये रास्ते से एक ताँगा ले आया, पर ताँगेवाले ने ले जाना मंज़ूर न किया।"

"वह कितने नम्बर का ताँगा था?" जमकर दारोग़ाजी ने पूछा।

"मुझे मालूम तो था नहीं कि आप नम्बर पूछेंगे।"

दारोग़ाजी ग़ौर करने लगे। युवक दोषी है, ऐसा प्रमाण तो न था, पर निर्दोष है, ऐसा भी प्रमाण न था,बल्कि एक झूठ साबित हो चुकी है। ऐसी हालत में सन्देह को ही श्रेय देना उचित है। हत्या का एक विश्वसनीय कारण पुलिस को दिखाना पड़ता है, यदि प्रमाण अप्राप्त रह गया।

थाने में रिपोर्ट लिखाने के समय युवक नाम-धाम आदि लिखा चुका था, पर इस समय दारोग़ाजी ने फिर उससे कुछ ऐसे प्रश्न किए। वह कौन है, इस प्रश्न का बहुत ही संक्षिप्त उत्तर सभ्यता के विचार से ह्रस्व स्वरों में उसने दिया। अत: उसकी स्थिति का भी कोई प्रभाव थानेदार साहब पर न पड़ा। फिर पढ़े-लिखे युवकों द्वारा हुई हत्या के कारण है भी–कुछ ऐसा इसमें भी रहस्य सम्भव है।

सोच-विचारकर दारोग़ाजी पंचनामे की कार्रवाई पूरी करने लगे! इस सम्बन्ध से अपने को बिल्कुल अनभिज्ञ बतलाने वाले कुछ पंच भी मिले। इसी समय सिपाहियों की ओर थानेदार साहब ने एक इशारा किया। सिपाही युवक को चारों ओर से घेरे हुए खड़े थे। इशारा पाकर बाँध लिया। पंच डरे हुए, काम के बहाने, चलने को हुए। लाश की हालत और की युवक के कमरे की चीज़ें लिखकर पंचों के दस्तख़त करा ताला लगा दिया गया।

युवक ने शून्य दृष्टि से एक बार थानेदार साहब को, फिर आकाश की ओर देखा। हत्या का करण और कारण साथ लेकर थानेदार साहब थाने के लिये रवाना हुए। थाने पहुँचे ही थे कि ताँगे से उतरकर इक्कीस-बाईस साल की एक सुन्दरी दारोग़ाजी की कुर्सी की ओर बढ़ती नज़र आयी। केश-वेश अत्यन्त आधुनिक। चाल-ढाल संकोच से सोलहो आने रहित। दारोग़ा–जी को रास्ते छोड़कर थाने में ऐसा चमत्कार नहीं देख पड़ा। युवती सीधे दारोग़ाजी के सामने जा, उन्हीं से पूछने लगी–"मुझे थाने के इन्चार्ज दारोग़ाजी से सख़्त ज़रूरत है, क्या आप बतला सकेंगे- वह कहाँ मिल सकते हैं?"

"हाँ, फ़र्माइए।"

"अच्छा, आप हैं, पोशीदा बातचीत है।" युवती मुस्कराई।

थानेदार साहब ने एकान्त कर लिया।

साग्रह देखते हुए दारोग़ाजी से युवती ने कहा–"आपने राजीव को गिरफ़्तार किया है, पर वह बेक़सूर है।"

"कोई सुबूत तो नहीं।"

"मैं गोमती-किनारे से टहलती हुई आ रही थी, वकील महेश्वरी प्रसाद राजीव को उधर जाकर देखने के लिये कह रहे थे, और ख़ुद डरे हुए कमरे की तरफ़ जा रहे थे।"

कुछ सोचकर दारोग़ाजी ने कहा–"वह कल शाम को घर चले गये हैं, उनके नौकर से मालूम हुआ।"

"अच्छा, सुनिए, मैं बहुत ज़्यादा कुछ नहीं कहना चाहती। मेरे पास तीस गवाह है, लेडीज़ और जेंटल्मेन, अदालत में आपको मालूम हो जायगा, साढ़े नौ बजे रात को कल मैं अपनी तीन सखियों और दो मित्रों के साथ छतरमंज़िल की तरफ़ से आ रही थी, एक आदमी हम लोगों को देखकर भगा, हमें शक हुआ, हमारे साथ के मित्रों ने दौड़कर उसे पकड़ा उसकी कमर में सात सौ रुपये थे, कुर्ता नहीं पहने था, अब मालूम होता है–ख़ून के धब्बों की वजह से कुर्ता कहीं फेंक दिया था। वही ख़ूनी रहा होगा, मेरे मित्र बदमाश समझकर यहाँ ले आए, आपका नाम लेकर कहते थे कि दारोग़ाजी ने देखकर उसे पहचान लिया–वह चौक का भागा हुआ बदमाश महताबअली था। जान पड़ता है, आपने उसे छोड़ दिया; अच्छा, देखा जायगा।" कह कर लापरवाही से युवती उठी।

दारोग़ा जी सूख गए। घबराकर बोले–"यह सरासर झूठ है।"

चलती हुई युवती बोली–"आपके इस मुक़द्दमे की तरह अदालत में यह भी सच साबित हो सकता है। मगर हाँ, तब आपके सुबूत से यह ज़्यादा सही साबित होगा।" एड़ी के बल ज़रा लौटकर युवती बोली–"और बहुत-सी बातें हैं, आपने जिसे गिरफ़्तार किया है, आप जानते नहीं, यह कितनी बड़ी इज़्ज़त का आदमी है।"

युवती फिर बढ़ी, तो दारोग़ाजी ने बड़े विनय-पूर्ण शब्दों से बुलाया। युवती लौट पड़ी। पास आने पर पूछा–"ये आपके कोई होते हैं?"

"मेरे कोई होते, तो मेरे यहाँ आने की ज़रूरत क्या थी?"

इस अद्‌भुत स्त्री की ओर देखकर दारोग़ाजी ने क़ैदी को छोड़ देने के लिये कहा।

ताँगे पर बैठकर प्रतिमा ने राजीव से कहा–"पूरा प्लाट तुम्हारी चिट्ठी पर तैयार किया। तुमने लिखा भी ख़ूब था। सिर्फ़ महताब के लिये रिसर्च करते कुछ देर लगी थी, यानी जितनी देर इस ताँगेवाले से बातचीत करने में लगेगी। यह रिसर्च सच हो सकता है।"

थानेदार साहब ने लिखा–"जान पड़ता है, यह कोई क्रान्तिकारी था, बम लिए जा रहा था, एकाएक बम के धड़ाके से काम आ गया है।"

डाक्टर की परीक्षा में ज़ख़्मों के भीतर से सीसे के कुछ नुकीले टुकड़े भी मिले।

राजा साहब को ठेंगा दिखाया लोग कहते हैं, ऐसा लिखा जाय कि एक मतलब हो, उसी वक़्त समझ में आ जाय, अनपढ़ लोग भी समझें। बात बहुत सीधी है। मुझे एक उदाहरण याद आया। लिखता हूँ। यह लिखा हुआ, उद्धृत नहीं, देखा हुआ है। तब तक आप लोग ठेंगा दिखाने का मुहावरा याद रक्खें।

बंगाल और उड़ीसा को जोड़नेवाली एक नहर है। रूपनारायण (नद) से काटकर कटक तक निकाली गई है। यह केवल आबपाशी के लिये नहीं, इससे व्यवसाय भी होता है, बड़ी-बड़ी नावें चलती हैं।

इसके किनारे पद्मदल राजधानी है। राजा साहब के छोटे-छोटे स्टीमर, बोट, लांच, बजरे, किश्ती, डोंगी आदि राजधानी के पास चौड़ी की हुई नहर के एक तरफ़ बँधी रहती हैं।

जेठ का महीना, सूरज डूब रहे हैं। ज़ोरों से बहती हुई मलय-वायु में षोड़शी का स्पर्श मिलता है। यह अकेली दक्षिणी हवा बंगाल की आधी कविता है। प्रासाद-शिखरों से सुनहली किरणें लिपटी हैं, उन्हीं के प्रेम की साँस जैसे दक्षिणी हवा में बह रही है। बड़े-बड़े तालाबों में श्वेत और रक्त कमल, खुले हुए अनुभव-जैसे, लोट रहे हैं। स्वच्छ, क़ीमती, चौड़ी किनारीवाली, बारीक, ठोस-बुनी, बँगला-ढंग से कोंछीदार शान्ति-पुरी धोती, रेशमी शर्ट और सुनहरे स्लीपर पहने चश्मा लगाए राजा साहब नाव की सैर के लिये चले। रास्ते में तीन ड्योढ़ियाँ पड़ती हैं, हौदा-कसे हाथियों के निकलते आधी और ऊँची; रास्ते के दोनों तरफ़ बड़े-बड़े तालाब; साफ़-सुथरे दूब जमाए पार्क; दोनों बग़ल बटम-पाम की क़तारें; दूर के देशी बग़ीचों से बेला, जूही और कमलों की ख़ुशबू आती हुई। पहली ड्योढ़ी में बैठे हुए राजा साहब के मुसाहब उनके आने पर क़तार बाँधकर भक्ति-पूर्वक प्रणाम करके उद्दण्ड प्रसन्नता से साथ हो गए। अर्दली, सिपाही, ख़ानसामे प्रासाद से साथ आए थे। पहली, दूसरी और तीसरी ड्योढ़ी के सिपाही क्रमश: किर्च निकाल-निकालकर, राजा साहब को बाएँ रखकर दाहिने हाथ से सलामी देते गए। तीसरी ड्योढ़ी प्रासाद के अहाते को घेरनेवाली जलाशया चौड़ी खाई के किनारे है–खाई के ऊपर से पुल है।

राजा साहब बाहर निकलकर नहर-घाट की तरफ़ चले। स्टीमर, लांच, मोटर-बोट और देशी किश्तीवाले मुसलमान नौकर कप्तान और माझियों ने भी उसी प्रकार क़तार बाँधकर सलाम किया। राजा साहब खुली छतवाली एक अँगरेज़ी कट

की देशी किश्ती पर पतवार पकड़कर बैठ गए। पीछे-पीछे मनोरंजन के लिये पले पहलवान-जैसे मुसाहब आकर एक-एक तख्ते पर डाँड सँभालकर बैठे। माझी खड़े रहे। सिपाही और अर्दली नहर के किनारे-किनारे बोट के साथ दौड़ लगाकर रहने के लिये लाँग समेटने लगे। किश्ती चली, किनारे-किनारे सिपाही दौड़े।

डेढ़ मील के फ़ासले पर शक्तिपुर नाम का एक बाग़ी गाँव है। वहाँ विश्वम्भर भट्टाचार्य नाम का एक ब्राह्मण रहता है। राजा साहब कई रोज़ से किश्ती पर हवाख़ोरी करते हैं, देखकर, सोच-विचारकर, लाँग चढ़ाकर, अपने गाँव के पास नहर के बाँध पर खड़ा विश्वम्भर राजा साहब की प्रतीक्षा कर रहा है।

सिपाही लोग दौड़कर कुछ ही दूर तक साथ रहते हैं, आठ-आठ, दस-दस पट्ठों की डाँड़मारी किश्ती तीर-सी चलती है, तीन-चार फ़र्लांग के बाद सिपाहियों का दम खुल जाता है, किश्ती आगे निकल जाती, वे पीछे-पीछे लट्ठ लिए दुलकी दौड़ते आते हैं।

जब शक्तिपुर के पास किश्ती पहुँची, तब सिपाही तीन-चार फ़र्लांग पीछे थे। विश्वम्भर राजा साहब की ताक में खड़ा हो था; जब किश्ती आती हुई सौ गज़ के फ़ासले पर रह गई, तब उसने एक अद्भुत प्रकार की ध्वनि की, जिससे राजा साहब का ध्यान आकर्षित हो। राजा साहब को अपनी तरफ़ देखते हुए देखकर उसने हवा में उँगली से लिखकर राजा साहब की ओर कोंचा, फिर पेट खलाकर दोनों हाथों मरोड़ा, फिर दाहने हाथ से मुँह थपथपाया, फिर दोनों हाथों के ठेंगे हिलाकर राजा साहब को दिखाया।

राजा साहब देख रहे थे। डाँड धीमे कर देने को कहा। फिरकर देखा सिपाही दूर थे। किश्ती धीरे-धीरे चलती गई। विश्वम्भर पीछे-पीछे दोनों हाथों पेट दिखाता, ठेंगे हिलाता दौड़ा। राजा साहब जब सिपाहियों को फिरकर देखते थे, तब पहले विश्वम्भर ठेंगे हिलाता हुआ देख पड़ता था। बाँध पर और लोग भी आ-जा रहे थे। कुछ भले आदमी हवाख़ोरी को निकले हुए मुस्करा रहे थे। किश्ती की चाल धीमी देखकर सिपाहियों ने जल्दी की। नज़दीक आ एक अजाने को बेअदबी करते देखकर राजा साहब की तरफ़ देखा। राजा साहब ने इशारे से सिर हिलाया। सिपाही विश्वम्भर को पकड़कर प्रहार करने लगे। किश्ती लौट चली।

सिपाहियों ने आते हुए विश्वम्भर की मुद्राएँ देखी थीं, जिनका अर्थ समझने में उन्हें देर नहीं हुई। उसे मारते हुए कहने लगे–"क्यों रे..., हमारे महाराज रियाया की ज़बान बन्द करते हैं?–पेट से मारते हैं?–ठेंगा दिखाता है हमारे महाराज को कि कोई इतना भी नहीं समझता?"

विश्वम्भर को पीटकर, दोनों गदोरी और उँगलियाँ कुचलकर सिपाही चले गये। ख़बर विश्वम्भर के घर पहुँची। उसकी पत्नी, सत्रह साल की विधवा बेटी और दो नौ और पाँच साल के छोटे लड़के, फटे कपड़े पहने, रोते हुए बाँध पर पहुँचे। गाँव के और लोग भी गए। विश्वम्भर को सँभालकर उठा लाए। खाट पर लिटा दिया। गर्म हल्दी चूना लगाने लगे। राजा साहब के जासूस छद्म-वेश से पता लगाते रहे।

गाँव के कुछ भलेमानस गर्म पड़े। पर कुछ कर न सके। राजा साहब का प्रताप बड़ा प्रबल है। उनके विरोध में कुछ करने की अपेक्षा विश्वम्भर के समर्थन में कुछ करना अच्छा है, यह सोचकर उसीकी सेवा करने लगे।

विश्वम्भर बड़ा सीधा, सच्चा ब्राह्मण है। विशेष पढ़ा-लिखा नहीं। किसी तरह पूजा कर लेता है। शक्तिपुर से तीन कोस दूर रंगनगर में राज्य की विशालाक्षी देवी हैं। विश्वम्भर इनका पूजक है। तीन रुपया महीना और रोज़ पूजा के लिये तीन पाव चावल और चार केले पाता है। घर में पाँच आदमी खानेवाले हैं। बड़े दु:ख के दिन होते हैं। इधर बीस महीने से उसे वेतन नहीं मिला। केवल तीन पाव चावल का सहारा रहा। कुछ और काम वह, उसकी पत्नी और बेटी, तीनों अलग-अलग कर लेते थे। फिर भी पेट-भर को न होता था। विश्वम्भर ने तनख़्वाह के लिये इधर साल-भर में दो दर्ज़न से ज़्यादा दरख़्वास्तें दी थीं, पर सुनवाई नहीं हुई। इस बार प्राणों की भाषा में उसने अपने भाव प्रकट किये थे–हवा में लिखकर,कोंचकर बताया था, तुम्हें लिख चुका हूँ; पेट मलकर कहा था,भूखों मर रहा हूँ; मुँह थपथपाकर और ठेंगे हिलाकर बतलाया था, खाने को कुछ नहीं है। उतने प्रकाश में, इतनी स्पष्ट भाषा से समझाया था, पर राजा साहब ने अपमान समझा। सिपाहियों ने दूसरे अर्थ लगाये।

जासूसों ने राजा साहब को समझाया कि शक्तिपुर के बाग़ी विश्वम्भर ने से मिले हैं, उन्होंने उसे बेवक़ूफ़ जानकर महाराज का उससे अपमान कराया। विश्वम्भर सरकार की नौकरी का ख़्याल छोड़कर बाग़ियों से मिला है। जासूसों ने इस प्रकार अपनी रोटियों का प्रबन्ध किया।

कुछ दिनों बाद, घाव पुरने पर, स्टेट की तरफ़ से विश्वम्भर को आज्ञा-पत्र मिला–"अब तुम्हारी नौकरी की सरकार को आवश्यकता नहीं रही।"

सफलता

जो हवा दिए के जलते रहने की वजह है, वह दिए को बुझा भी देती है। आभा के सस्नेह अकलुष प्राणों के पावन प्रदीप को पति की जिस निश्चल समीर ने साल-भर तक जला रक्खा था, वह साल-भर से उसे बुझाकर, उसकी पृथ्वी से दूर, अन्तरिक्ष की ओर तिरोहित हो गई है। साल ही भर में सुहाग का काजल उस दीपक-प्रकाश के ऊपर, रत्नार आँखों में, प्रिय-दर्शन के अंजन-रूप नहीं रह गया। आभा आज की शरत् की तरह अपनी सारी रंगीनियों को धोकर शुभ्र हो रही है–श्वेत शेफालीसी रँगे प्रभात के रश्मि-पात-मात्र से वृंतच्युत–जैसे केवल देवार्चन के लिये चुनी हुई। पर, प्राणों के नीचे, डंठल में, जो रंग लगा हुआ है, वह तो शरत् का नहीं–वसन्त का है। उसीके ऊपर वसन्त के बादवाले महीनों के ये दल जैसे शरत् की आभा से शुभ्र हो रहे हैं। लालसा-चपल क्या कोई उस पूर्ण विकसित स्खलित शेफालिका-राशि को केसरिए सुगन्धरंग से अपनी वसन्त की पाग रँगने के लिये वृक्ष के नीचे से चुपचाप चुन ले जायगा? हाय, यह वह सत्य शेफालिका तो नहीं! यह तो केवल देव-चरणों पर चढ़ने के लिये है–माला होकर हृदय पर या रंग बनकर आँखों पर चढ़ने के लिये नहीं! तभी आभा गाँव के किनारे धुले धवल शिवालय में देवता-पदों पर प्रत्यह पुष्प-स्वरूप अर्पित होने के लिये जाती है। उसके भीतर हृदय का दीप तो गुल हो चुका है, पर, बाहर अन्ध मन्दिर-हृदय का द्वीप वह जला आती है।

यशस्वी साहित्यिक नरेन्द्र ने उधर से जाते हुए, दीपक जलाकर देवता को प्रणाम करते समय कई बार आभा का दिव्य मुख और विशाल आँखों की सकरुण दृष्टि देखी। कई शुभ सान्ध्य क्षण उसे कारुण्य से ओत-प्रोत कर चुके–उसके हृदय में सहानुभूति का तैल संचित हुआ; वेदना की वर्तिका में समाज की कुप्रथा की आग–उसके हृदय का द्वीप जला।

यह प्रकाश कई बार, रास्ते में, मन्दिर की सीढ़ियों पर, आभा के म्लान मुख पर पड़ा, प्रतिफलित हुआ। आभा के अन्त:पुर की रूपसी ने अन्त:पुर में उसे उतने ही निकट सम्बन्ध से पहचाना, जितने दूर व्यवहार से आभा धारा से दूर हो गई थी।

हाय रे जीवन! कितने आवर्तों से तू प्रवाहित होता है! जिन कारणों से आभा पृथ्वी से छुटी थी, वे ही उसे नरेन्द्र के साथ लपेटने लगे। मन से वह नरेन्द्र की दृष्टि की तरह उसके नज़दीक हो गई। वह आज एकान्त में नरेन्द्र से पूछना चाहती है–इस संसार-दु:ख से मुक्ति पाने का कौन-सा मार्ग है। वह विद्वान् होकर उसे वंचित न करेगा–न:, वह धोका नहीं दे सकता–उसकी आँखें इसका विशद साक्ष्य देती हैं, फिर वह भी तो उसीकी तरह विधुर है–जानता है, व्यर्थ स्नेह कितना दु:खद, कितना कठोर है। होगा कि स्त्री न होने के कारण वह इतना दु:ख, इतना अपमान न पा रहा हो; पर स्त्री होने के कारण कभी उसने कल्पना तो की होगी कि उसके न रहने पर उसकी स्त्री को क्या होगा। आभा का हृदय भर आया।

पर, आज-आज करके कई आज पार कर चुकी। नरेन्द्र आज मिला। वह सोपान-सोपान उतर रही थी, नरेन्द्र चढ़ रहा था। बहुत कुछ कहना चाहा था, पर कुछ भी न कह सकी। कितना हृदय धड़का! चुपचाप खड़ी रही। नरेन्द्र ऊपर चला गया।

नरेन्द्र बीसवीं सदी का मनुष्य है। वह न कर सके, ऐसा कोई काम नहीं; ऐसा कुछ किया भी, ऐसा नहीं। वह मन से धर्म और अधर्म को पार कर दूर निकल गया है; पर मन में धर्म से श्रद्धा और अधर्म से घृणा करता है। वह भौंरे की तरह खुली कली पर नहीं बैठा, पर भौंरे की तरह कलियों का जस बहुत गा चुका है, उनके चारों ओर बहुत मँडलाया। उसकी कल्पना में आभा उतने रंग भर चुकी है जितने किरण भरती है–फूलों में, पहाड़ पर, बादलों में, दिशाकाश में, तरह-तरह के सुघर विचारों में। पर आभा को वरण करने की कोई शहज़ोरी भी उसमें पैदा हुई, ऐसा लक्षण नहीं देख पड़ा। सोचा ज़रूर, पर उठे सर का झुक जाना देखा, और डरा।

त्यों-त्यों आभा दृढ़ होती गई। उसकी धड़कन जाती रही। चुप-चाप स्नेह का एक लेख नरेन्द्र के स्मरण-मात्र से लगने लगा। लाज फिर भी रही। एक रोज़ उसी तरह एकान्त मिला। कण्ठ की देवी कण्ठ में निर्भय बैठी रही। शब्द जैसे आप बनकर, तुले हुए, निकले–"मुझे संसार में बड़ा दु:ख है।"

"दु:ख को देवता समझो।" नरेन्द्र ने जैसे लेख की एक पंक्ति लिखी।

आभा का सारा दु:ख जैसे एक साथ वाष्प बन गया–उस महाशक्ति का धड़ाका हुआ–"अर्थात् राक्षस को देवता मानूँ?"

नरेन्द्र काँप उठा। क्यों डरा, न समझा। आभा ने फिर कहा–"केवल दु:ख नहीं सहा जाता। रोज़ का अपमान भार हो जाता है।"

धड़कन के बाद भाव स्पष्ट हुआ। नरेन्द्र ने सोचा, यह भगना चाहती है। कृत्रिम गले से बोला–"धैर्य रक्खो!"

एक बार आभा ने अच्छी तरह नरेन्द्र को देखा। खुलकर बोली–"आपको लोग बहुत बड़ा विद्वान् कहते हैं–पर मैं क्या समझूँ, पर बड़े भी छोटों को नहीं समझ पाते!"

नरेन्द्र ने फिर कहा–"धैर्य रक्खो!"

सर झुकाकर आभा ने उत्तर दिया–"अच्छा!"

आभा की इच्छा निकल जाने की न थी, न किसी विषय-वासना से वह खिंची थी। नरेन्द्र की तरफ़ उसके भाव ने उसे खींचा, और स्त्रियों की अवहेलना, अवज्ञा, जीती हुई एक प्रतिमा को मृत प्रेत से भी भयंकर–इतर पशु से भी तुच्छ समझने वाली धारणा और व्यवहार ने उसे धकेला था। वह विद्वान् आचार्य से शिष्या की तरह मुक्ति की शिक्षा लेने गई थी, बस। हृदय में जो भाव नरेन्द्र के प्रति प्रीतिवाली, कुछ काल के लिये उसे एक आवेश में भुला रखते थे, वे इतने पूर्ण थे कि उनसे अधिक की कामना वह कर नहीं सकती थी, करना सीखा भी न था। मुक्ति का पथ परिष्कृत होने पर वह हृदय की तुला पर तोलकर अवश्य देखती कि वह कितना प्रशस्त और कितना पवित्र है, तब आगे पैर बढ़ाती, तो बढ़ाती। यदि विद्वान् की बतलाई राह में उसे वैसा ही लांछन और अपमान देख में पड़ता, जैसा वह घर में देख रही थी, तो घर और बाहर, दोनों के रास्तों को पार कर जाने का ग़ौरव प्राप्त करती। विद्वान् नरेन्द्र–सहृदय नरेन्द्र की 'धैर्य रक्खो' यह उक्ति उस दु:ख के प्रवाह में हृदय से लगा रखने के लिये एक उतराती कुछ भार सँभालने वाली लकड़ी हुई। धैर्य रखकर भविष्य में सत्य निर्देश पाने की कल्पना लिए वह घर जाकर चुपचाप पहले के अपमान सहने लगी।

इधर नरेन्द्र ने सोचा, वह उसके साथ निकल जाने को एक पैर से तैयार थी। नरेन्द्र को बड़ी घृणा हुई। कुछ आत्मप्रसाद भी हुआ कि उसकी धैर्य रखने की सलाह उसे मंज़ूर हुई। नरेन्द्र गाँव रह रहा था, अधिक दिनों तक रहने की गुंजाइश न थी; कारण, वृत्ति लिखाई थी, जो घर बैठे मनीआर्डर द्वारा कम आती थी; शहर में रहकर ऑर्डर पूरे करने पड़ते थे, तब पेट-भर को कहीं होता था। पेट भी दो-चार नहीं, सिर्फ़ एक। नरेन्द्र को इस दुर्दशा की चिन्ता न थी। कारण, वह साहित्य का सुधार कर रहा था। आदर्शवाद को साहित्य में दर्शाकर तब वह दम लेता था–उसके लेख

और पुस्तकें प्रमाण हैं। बीसवीं सदी की समस्त विचार-धाराएँ उसकी धरा से बह चुकी थीं, पर जो कुछ उसने धारण किया था, वह था मनुष्य-धर्म, जिसे अंगरेज़ी में "Rcligion of man" नए स्वरपात से, ज़ोर देकर, कहते हैं। इसमें भूत, वर्तमान और भविष्य के सब धर्म वह धर देता था।

अस्तु, नरेन्द्र घर से कलकत्ते के लिये रवाना हुआ। रास्ते में कानपुर, लखनऊ, प्रयाग, काशी, पटना, गया होता गया। मित्रों से और प्रकाशकों से मिलकर साहित्य तथा बाज़ार के हाव-भाव समझता रहा। 'आरती' के प्रकाशक ने कहा, हमारे यहाँ 8) फ़ार्म से अधिक मौलिक पुस्तक के लिये देने का नियम नहीं, रुपया पुस्तक प्रकाशित होने के तीन महीने बाद से दिया जाना शुरू होता है। सम्पादक ने कहा, हम कोई लेख बिना पुरस्कार का नहीं छापते, अवश्य नए लेखकों को 2) रुपए ही प्रति लेख देने का नियम है, पर आपको हम 1॥) पृष्ठ देंगे। फिर बड़ी सहृदयता से बोले, इससे अधिक 'आरती' दे नहीं सकती। सम्पादक को लेख देने का वादा कर प्रकाशक से नरेन्द्र ने कहा–"आप लोग पुस्तकें बेचने के विचार से 50 और 60 प्रतिशत कमीशन बेचने वाले को देते हैं–यह आपकी साहित्य-सेवा नहीं, अर्थ-सेवा हुई। यदि लेखकों को अधिक देने लगें, तो किताबें अच्छी-अच्छी लिखी जायँ, और साहित्य का उद्धार भी हो।" प्रकाशक ने आँखें मूँदकर कहा–"साहित्य का उद्धार हम आपसे ज़्यादा समझते हैं।" इस प्रकार अड़ता-छूटता नरेन्द्र कलकत्ता गया। वहाँ बीसवीं सदी-पुस्तक-एजेंसी में 6) फ़ार्म का बँगला के रद्दी उपन्यासों के अनुवाद का काम मिला। कुछ करना ही था। काम लेकर, एक रोज़ निश्चिन्त होकर जान बाज़ार-लाइब्रेरी में बैठा मासिक पत्र-पत्रिकाएँ देख रहा था। अँगरेज़ी, बँगला, हिन्दी, गुजराती, उर्दू, मराठी, सभी भाषाओं में एक विशेष आदर-भाव देखा–सिनेमा-स्टारों के सभी स्टोर हो रहे थे। देख-भालकर नरेन्द्र डेरे लौटा।

बीसवीं सदी-पुस्तक-एजेंसी का अनुवाद शुरू तो किया, पर हाथ बन्द हो गया। बार-बार आँखों के सामने सिनेमा के सितारे चमकने लगे। साथ मन सोचने लगा–यह अनुवाद का काम भी क्यों? इससे किस आदर्श की पुष्टि होती है? अर्थ मुझे भी तो चाहिए। बड़ा अर्थ अगर लोग नहीं लेते, तो जो लेते हैं, उसे ही बढ़ाओ। साथ-साथ, जितने प्रकाशक भली हालत में रहते थे, तथा अपर व्यवसाय के लोग, जो सफल हुए थे, सामने आने लगे। फिर दीन हिन्दी के लेखकों की सूरत आयी। उसका मित्र स्नेहशरण एक सर्वश्रेष्ठ गद्य-लेखक है, पर कदाचित् सबसे बड़ा दरिद्र और उपेक्षित। उसका भाव, जो अब तक उसे बड़ा बनाए हुए, दिन-रात उसे छोटा करता जा रहा था, सामने आया। देखकर उसे बड़ी घृणा हुई। कितने प्रकाशक उसका

अपमान कर चुके हैं, कोई-कोई आफ़िस से भी निकाल चुके हैं; पर बराबर वह अपने नाम को मरता रहा, जो वास्तव में अपमान था। उसे नामी कहकर, कहाकर किसी शाप ने उसे ऊँचे आसन से गिरने का धोका दिया है। जो नाम-स्वरूप श्रेष्ठ वैभव का भोक्ता हो, वह कौड़ी-कौड़ी को मोहताज भी रहे, ऐसा हो नहीं सकता; छोटे वैभव उसके पास ज़रूर होंगे, या वह चाहता न होगा। याद आया,छोटे वैभवों की उसने परवा कब की; इसलिये छोटों ने उसे बराबर धोका दिया–नीचा दिखाया, और अन्त में आज यह प्रमाण भी दे रहे हैं कि वे छोटे उससे कितने बड़े हैं–उनके बिना उसका जीवन कितना अधूरा, कितना छोटा है।

नरेन्द्र ने अनुवाद बन्द कर दिया। सोचने लगा, किस प्रकार छोटा होकर वह बड़ा होगा। उसी क्षण आँखों के सामने वह सोलह सालवाली साक्षात् आभा अपने पूर्ण यौवन में उभरी स्वर्ग की अप्सरा-सी झलमलाने लगी। वह मधुर ध्वनि याद आयी! वह 'अच्छा' प्राणों में घुलकर अमृत बन गया।

तरंग के तृण की तरह अब नरेन्द्र अपने सोचे हुए विचारों में नहीं बह रहा–एक दूसरी विचार-धारा उसे बहाए लिए जा रही है। जो सचाई आज तक दूसरों को रास्ता बताने में लगी थी, उसने आज अपना रास्ता पहचाना। एका एक नरेन्द्र जैसे रात के शुभादर्श स्वप्न, से जगकर दिन के प्रकाश में आया, जहाँ सब कुछ खुला हुआ है।

बॉक्स खोलकर रुपए गिने–लौटने का ख़र्च था।

गाँव में ख़बर उड़ी–नरेन्द्र बाबू ने आवारगी पर कमर कस ली–बाप-दादे का नाम मिटा दिया। घर-द्वार, ज़र-ज़मीन, जो कुछ था, बेच डाला–पाप तो; छिपता है? अब वह चेहरा ही नहीं रहा। आभा ने भी सुना। आँखों में गुनकर चुप हो गई।

शाम को, समय पर, नरेन्द्र मन्दिर गया। वैसे ही दीपक जला, वैसे ही मुख प्रकाश में ज्योतित हुआ। उतरने के वक़्त उसी तरह चढ़ता हुआ मिला; आभा उसी तरह खड़ी हो गई।

"आभा, मैंने रास्ता ठीक कर लिया है।" यह आचार्य का कण्ठ न था, एक घनिष्ठ मित्र का था, जिसकी ध्वनि प्राणों के बहुत निकट पहुँचती है।

आभा ने सुना, और तोलकर देखा, यह स्वर वहीं पहुँचा है, जहाँ कभी आँखों की सहानुभूति–स्नेह पहुँचा था। इसमें उपदेश की गुरुता नहीं, मनुष्य के प्रति मनुष्य का सम-भाव है। वीणा-स्वर से झंकृत हुआ–"क्या है वह रास्ता?"

"तुम्हारे और मेरे जीवन से बँधकर बिलकुल एक नया, जिससे, आगे, और लोग आएँगे, मनुष्यों के लिये मनुष्य होने को।"

आभा ने नरेन्द्र को देखा, फिर निगाह फेरकर दीपक-प्रकाश में श्वेत शिव को देखने लगी। प्राणों में कैसी गुदगुदी हुई, बोली–"आप मुझे भगाना चाहते हैं?"

"नहीं।" नरेन्द्र का कण्ठ बिलकुल स्थिर था।

आभा ने फिर नरेन्द्र को देखा–"गाँव वाले आपको आवारा कहते हैं।" कण्ठ में सहानुभूति बज उठी।

"यह भ्रम गाँववालों को बराबर रहेगा।" नरेन्द्र की आँखों से बिजली निकल रही थी।

"मेरे लिये आपकी जैसी आज्ञा हो–"

"हाँ, मैं तुम्हें वही अधिकार लेने के लिए कहता हूँ, जो तुमसे छिन चुका है।"

अज्ञात आँखों से आभा ने देखा।

"जिस दुनिया ने तुम्हें छोटी, अधम, भाग्य से रहित कहा, क्या उसे तुम नहीं समझाना चाहती कि तुम बहुत बड़ी–बहुत बड़ी, भाग्य से भरी हुई हो?"

"ऐसा तो अब क्या होगा!"

"होगा आभा। वही रास्ता देखकर मैं आ रहा हूँ। विश्वास करो, और आज से दुनिया को ठोकर मार दो–इसे जो जितनी ठोकरें लगा सका, इसकी आँखों में वह उतना ही बड़ा हुआ–उतना ही इसने उसके पैर पकड़े।"

ध्वनि जैसी होती है, प्रतिध्वनि भी वैसी ही होती है। आभा इस सम्पूर्ण शक्ति को भरकर एक दूसरे रूप में बदल गई। तन्मय खड़ी सुनती रही–"यह संसार तुम्हारे लिये जैसा था, मेरे लिये भी वैसा ही था। तुम दुःख को समझती थीं, मैं न समझ पाता था, या समझकर भी न समझता था। अब हमें इस संसार को वैसे ही दुःख के भीतर से उचित शिक्षा देनी है।"

आभा की आँखें, हृदय, वह सम्पूर्ण निश्चलता कह रही थी–"यह ठीक कह रहे हैं।"

नरेन्द्र ने आभा को देखा, फिर देखा–वह निगाह बदल चुकी थी, जो झुकती है। यह वह निगाह है, जो धूप की तरह लोगों को उठाती हुई उठ जाती है–फिर पृथ्वी पर नहीं झुकती। आभा हृदय से इतना कभी नहीं उठी।

"यह," नरेन्द्र ने मन में कहा–"यह आभा है।" खुलकर बोला–"आभा, चलो; मेरे घर में बहुत दिनों से अँधेरा है; उसमें प्रकाश भर दो। मैंने तुम्हारी शिक्षा के लिये जायदाद बेची है।"

होश में आते ही हृदय हिल उठा। आँखों में शङ्का आयी–"आपको में लोग क्या कहेंगे?"

"मुझे कुछ नहीं कह सकते; सब अपनी-अपनी क़िस्मत को रोयेंगे, जिसे किसी तरह वे फूटा नहीं समझ पाए–थाने जायँगे, दारोग़ा के आगे-पीछे दुम हिलाएँगे–कुत्तों की तरह भौंकेंगे, पर कुछ कर नहीं सकते। सामने आकर काटना देशी कुत्ते जानते नहीं। मैं मुँह पर विलायती ठोकरें लगाना सीख चुका हूँ, तुम्हें भी सिखाना चाहता हूँ। आओ–" नरेन्द्र आगे-आगे, इस दृढ़ता को सर्वस्व सौंपकर आभा पीछे-पीछे चली। बारहदरी की बग़ल में तीन आदमी खड़े थे, इनके आने से पहले चल दिए। नरेन्द्र ने देखा, पर उपेक्षा में भरकर रह गया। आभा ने देखा, मन में कहा–"ये वे ही हैं, जिन्हें रोज़ देखती और रोज़ समझती थी।"

द्वार खोलकर, दीपक जलाकर नरेन्द्र ने कहा–"आभा, अभी हमें कुछ रोज़ यहाँ रहना होगा। गाँववालों को बता जाना है कि हम भगने वाले नहीं थे–तुम्हें, भगानेवाला रास्ता बतलानेवाले थे।"

आभा प्रकाश में मुस्करा दी।

दूसरे दिन से कई दिनों तक लगातार नरेन्द्र को देख-देखकर गाँववालों ने घृणा से अपना ही सर झुका-झुका लिया, और घर-घर राय क़ायम हो गई कि आभा के बाप की नाक कट गई। कीच पर ढेले चलाने से छींटे अपने ऊपर आएँगे, यह समझाकर वयोवृद्धों ने आभा के घरवालों को थाने जाने से रोका।

इस तरह की अनेक अड़चनों को आसानी से पार कर नरेन्द्र आभा को ले कर साल-भर से दिल्ली में है। आने के साथ ही, अपनी और आभा की एक साथ उतरवाई तस्वीर ब्याह के सूक्ष्म स्वतन्त्र ब्यौरे से मासिक तथा साप्ताहिकों के सम्पादकों के पास भेज दी। भारत तथा स्त्री-जाति के उद्धार-कल्प से सम्पादकों की लिखी ओजस्विनी टिप्पणियों के साथ दोनों का सुन्दर चित्र प्रकाशित हुआ। छोटे-छोटे पत्रवालों ने ब्लाक मँगा-मँगाकर और ऊँची आवाज़ लगाई। आभा तस्वीरें देख-देख, तारीफ़ पढ़-पढ़कर मुस्कराती रही।

घर पर उस्तादों को बुलाकर नरेन्द्र आभा को नृत्यगीत की शिक्षा दिलवाने लगा–इसको भी एक साल हो चुका। अक्षर-विज्ञान का ख़ुद शिक्षक बना। साल-भर में आभा अच्छी तरह हिन्दी और उर्दू समझ लेने लगी है। बुद्धि में इतनी बढ़ गई है, जैसे कई साल से तालीम पा रही हो। जैसा सुरीला, कोमल गला उसका था, स्टेज पर उतारने पर दर्शक ताँगेवालों और प्रशंसक पत्रवालों में उसके उतर जाने की नरेन्द्र को शंका न हुई।

आभा का बड़े-बड़े चित्रों, पोस्टरों, दैनिक, साप्ताहिक-मासिक पत्रों में बड़ा विज्ञापन हुआ। 'लीडर' में विज्ञापन के दाम अग्रिम भेजकर नरेन्द्र ने सम्पादकीय

कालम में तारीफ़ छापने का अनुरोध किया। लोगों की तो आज भी बँधी धारणा है कि आँखें मूँदने पर ज़्यादा देख पड़ता है। फलत: सम्पादक के क़लम ने कालम-के-कालम रंग डाले। आभा उतरी भी। और, दर्शकों का क्या कहना, सहृदय तारीफ़ के बोझ से औंधे हो गए। स्त्रियों की पत्रिका 'पतिव्रता' ने लिखा, हमारी देवियों को इससे बढ़कर दूसरा आदर्श नहीं मिल सकता कि पति और पत्नी सम्मिलित रूप से कला की सेवा में लगें। साहित्यिक पत्रों ने लिखा, नरेन्द्रजी प्रतिभाशाली तो पहले ही से थे, परन्तु अब वह विशेष रूप से राष्ट्र-भाषा को समुन्नत कर रहे हैं। दिल्ली में उनका अर्धनारीश्वर नाटक बड़ी सफलता से खेला गया, जिसमें पति-पत्नी दोनों उतरे। यह पिछड़े हुए हिन्दीवालों को बढ़ने की उचित शिक्षा इस धन्यवादार्ह दम्पति ने दी। तीन साल में आभा और नरेन्द्र का भारत के कोने-कोने में नाम और बंक-बंक में रुपया हो गया। नरेन्द्र ने एक आश्वासन की साँस ली।

अपना 'सुभद्रार्जुन' नया नाटक शहर-शहर चलकर दिखाने के अभिप्राय से नरेन्द्र ने प्रोग्राम बनाना और विज्ञापन करना शुरू किया। कानपुर, लखनऊ, प्रयाग, काशी आदि शहरों से क्रमश: कलकत्ते तक का निश्चय हुआ। केवल काशी के लिये ज़रा सन्देह रहा। स्टेज के मालिक ने किराए पर स्टेज न देकर कमीशन पर देने की बात लिखी।

कम्पनी चली, साथ-साथ पत्रों में सुभद्रा की भूमिका में आभादेवी की आभा-सी तारीफ़! प्रोग्राम बदल देना पड़ा। निश्चित दिनों से अधिक दिन लोगों को तृप्त करने में लगते रहे। सरकारी अफ़सर चलने में सबसे पहले बाधक होते थे। पत्रों की विपुल प्रशंसा और नागरिकों की ऊर्ध्व-कण्ठ प्रतीक्षा को लिए कम्पनी काशी आयी।

'आरती' के प्रकाशक ने पुस्तकों की बदौलत आज के सिनेमा-साहित्य के उद्धार के विचार से अपनी एक रंगशाला बनवाई है, जिसका नाम भारतीय भावों से, काशी के एक कलाकार से सलाह लेकर 'पवित्रा' रक्खा है। इस स्टेज में नाटक भी खेला जाता है। इन्हीं से नरेन्द्र की शर्तें तय न हुई थीं।

कम्पनी के काशी पहुँचने पर 'पवित्रा' के मालिक स्वयं नरेन्द्र से मिले। पुरानी पहचान थी ही। बड़ा सम्मान-प्रदर्शन किया। नरेन्द्र ने कहा–"आपसे भाड़े का स्टेज नहीं मिला, अत: लाचार होकर मुझे दूसरा प्रबन्ध करना पड़ेगा।" नम्र भाव से मुस्कराते हुए 'पवित्रा' के मालिक ने कहा–"पवित्रा आप ही की है। आप कुछ भी न दें।"

नरेन्द्र ने कहा–"नहीं, ऐसी तो कोई बात है नहीं, आप अगर लेना चाहें।"

वैसा ही नम्र उत्तर आया–"पचास नहीं, तो चालीस सैकड़ा तो दीजिए।"

नरेन्द्र ने भौहें सिकोड़ लीं। कहा–"हमारे चालीस सैकड़े के मानी हैं, भाड़े के अलावा आपको सात-आठ सौ रुपए रोज़ मिलेंगे। अगर यही है, तो पन्द्रह सैकड़ा ले लीजिए।"

"पन्द्रह सैकड़ा!"

नरेन्द्र अट्टहास हँसा। संयत होकर कहा–"बाबू धनीरामजी, मैं 6 महीने में एक किताब लिखता था, पर उसके लिये आपने मुझे 15 सैकड़ा भी नहीं दिया!"

एक दिन, बाहर की पृथ्वी में प्रकाश की तरह प्रसिद्ध हो चुकने पर, आभा ने नरेन्द्र के पास एकान्त में बैठकर हाथ में हाथ लेते हुए कहा–"नरेन, तुम बुरा तो न मानोगे, मैं देखती हूँ, दुःख बहुत थे ज़रूर; पर मन्दिर का वह दीप जलानेवाला जीवन मुझे बड़ा सुखमय लग रहा है।"

स्वामी सरदानन्द जी और मैं

उन दिनों 1921 ई. थी। एक साधारण-से विवाद पर विशद महिषा दल-राज्य की नौकरी नामंज़ूर-इस्तीफ़े पर भी छोड़कर मैं देहात में अपने घर रहता था। कभी-कभी आचार्य पं. महावीरप्रसादजी द्विवेदी के दर्शनों के लिये जुही, कानपुर जाया करता था। इससे पहले भी, जब 1919 में हिन्दी और बँगला के व्याकरण पर लिखा हुआ मेरा लेख शुद्ध कर, 'सरस्वती' में छापकर 1920 में उन्होंने साहित्य-सेवा से अवसर ग्रहण किया, दौलतपुर में उनके दर्शन कर चुका था। साहित्य में द्विवेदी जी का गुरुत्व मैं उन्हीं के गुरुत्व के कारण मानता था (मानता भी हूँ), अपने किसी अर्थ-निष्कर्ष या स्वार्थ-लघुत्व के लिये नहीं। पर इष्ट तो निर्भर भक्त की भुक्ति की ओर देखता ही है–द्विवेदीजी भी मेरी स्वतन्त्रता से पैदा हुई आर्थिक परतंत्रता पर विचार करने लगे। आज ही की तरह उन दिनों भी हिन्दी की मसजिदों पर मुरीद द्विवेदीजी की नमाज़ पढ़ते थे, लिहाज़ा उनकी कोशिश–मैं किसी अख़बार के दफ़्तर में जगह पा जाऊँ–कारगर हुई। दो पत्र उन्होंने अपनी आज्ञा से चिह्नितकर गाँव के पते पर मेरे पास भेज दिए, एक काशी के एक प्रसिद्ध रईस राजनीतिक नेता का था, एक कानपुर ही का। काशीवाले में आने-जाने का ख़र्च देने के विवरण के साथ योग्यता की जाँच के बाद जगह देने की बात थी, कानपुरवाले में लिखा था–इस समय एक जगह 25) रुपए की है, अगर वह चाहें, तो आ जायँ। मालूम हो कि यह सब उदारता पूज्य द्विवेदीजी अपनी तरफ़ से स्नेह-वश कर रहे थे। अवश्य मेरे पास शिक्षा का जो प्रमाण-पत्र इस समय तक है, उस योग्यता की पूरी-पूरी रक्षा जगह देनेवालों ने की थी, तथापि सिपहगरी के समतल क्षेत्र से सुबेदारी तक के सुस्तर उन्नति-क्रम पर अविचल श्रद्धा न मुझे पहले थी, न अब भी है। फलतः उन पत्रों ही को मेरी अशिक्षा के कारण अस्यान-प्राप्ति हुई, मेरी जेब में प्रमाण के तौर पर अपने सुलेखकों के पास वापस जाने का सौभाग्य उन्हें न मिला। मेरे अन्दर मर्यादा का ज्ञान अत्यन्त प्रबल

है, इसकी जानकारी पूज्य द्विवेदीजी को स्वत: उत्तरदायी पद दिलाने की ओर फेरने लगी। पर द्विवेदीजी करते भी क्या, प्रमाण जो न था? जो कुछ भी साहित्य-सेवा की प्रबल प्रेरणा से मैं लिखता था, वह एक ही सप्ताह के अन्दर सम्पादक महोदय की अस्वीकृति के साथ मुझे पुन: प्राप्त हो जाता था। केवल दो लेख और शायद दो ही कविताएँ तब तक छप पाई थीं, सो भी जब हिन्दी के छन्दों में बड़ी रगड़ की और लेखों में क़लम की पूरी ऊँची आवाज़ से हिन्दी की प्रशंसा। अस्तु, इन्हीं दिनों स्वामी माधवानन्दजी, प्रेसिडेंट, अद्वैत आश्रम (रामकृष्ण-मिशन), मायावती, अल्मोड़ा, हिन्दी में एक पत्र निकालने के विचार से पत्रों में विज्ञापन करते हुए सम्पादक की तलाश में द्विवेदीजी के पास, जुही, आए। उस समय मेरी एक कविता, वह 'परीमल' में 'अध्यात्म-फल' के नाम से छपी है, 'प्रभा' में प्रकाशित हुई थी। उतने ही प्रत्यक्ष आधार पर आचार्य द्विवेदीजी स्वामीजी के पत्र के लिये मेरी योग्यता की सिफ़ारिश कर चले। उनकी तकलीफ़ आप समझ सकते हैं। स्वामीजी ने मेरा पता नोट कर लिया, और मुझे एक चिट्ठी योग्यता के प्रमाण-पत्र भेजने की आज्ञा देते हुए लिखी। बंगाल में रहकर परमहंस श्रीरामकृष्णदेव तथा स्वामी विवेकानन्दजी के साहित्य से मैं परिचय प्राप्त कर चुका था, दो-एक बार श्रीरामकृष्ण-मिशन, वेलूड़, दरिद्र-नारायणों की सेवा के लिए भी जा चुका था, श्रीपरमहंस देव के शिष्य-श्रेष्ठ पूज्यपाद स्वामी प्रेमानन्दजी महाराज को महिषादल में अपना तुलसी-कृत रामायण का सस्वर पाठ सुनाकर उनका अनुपम स्नेह तथा आशीर्वाद प्राप्त कर चुका था; स्वामी माधवानन्दजी को पत्रोत्तर में अपनी इसी योग्यता के हृष्टपुष्ट प्रमाण दिए। स्वामीजी का वह पत्र अँगरेज़ी में था और मेरा उत्तर बँगला में। कुछ दिनों बाद मैं द्विवेदीजी के दर्शनों के लिये फिर गया तो मालूम हुआ कलकत्ता में एक सुयोग्य साहित्यिक स्वामीजी को सम्पादन के लिये स्वयं प्राप्त हो गए हैं। घर लौटने पर उनका एक पत्र मुझे भी बँगला में लिखा हुआ मिला कि धैर्य धारण करो, प्रभु की इच्छा होगी, तो आगे देखा जायगा।

इसी समय महिषादल-राज्य से मुझे तार मिला कि जल्द चले आओ। मैंने सोचा, जब नामंज़ूर इस्तीफ़े पर हठवश चले आने का दोष ही हटा दिया गया, तो अब जाने में क्यों द्विधा करूँ? मैं महिषादल गया। पर, राजा, जोगी, अगिन, जल की उल्टी रीतिवाली याद न रही। यहाँ 'समन्वय' के सार्थक नाम से एक सुन्दर पत्र प्रकाशित हुआ। मेरे पास भी वह लेख के तक़ाज़े के साथ गया। मैंने उसमें 'युगावतार भगवान् श्रीरामकृष्ण' ऐसा एक लेख लिखा। जब वह प्रकाशित

हुआ, तब मैंने द्विवेदीजी की राय माँगी। उन्होंने उस लेख को पढ़कर बधाई दी। मैं मौलिक लेख लिख सकता हूँ, आचार्य द्विवेदीजी के इस आशीर्वाद का सदुपयोग मैं अपने ही भीतर तब से अब तक करता जा रहा हूँ। कई और भी मेरे साहित्यिक पूज्यपादों ने उस लेख की विचारणा और भाषा-शैली के लिये मुझे प्रोत्साहन दिया। 'समन्वय' को एक बड़ी अड़चन पड़ी, और यह हिन्दी और बँगला बोलनेवालों में, मेरे विचार से, शायद अभी बहुत दिनों तक रहेगी। इधर मेरे सामने भी राजावाली उल्टी रीति पेश हुई। इसी समय 'समन्वय' के मैनेजर स्वामी आत्मबोधानन्दजी ने मुझे लिखा कि बंगालियों के भावों को समझने के लिए यहाँ ऐसा आदमी चाहिए, जो बँगला जानता हो, हमें अड़चन पड़ती है, तुम चले आओ। मैंने जाकर देखा, 'समन्वय' के आठ ही महीने में दो सम्पादक बदल चुके थे। सम्पादक की जगह नाम स्वामी माधवानन्दजी का छपता था, वह हिन्दी भी बहुत अच्छी जानते हैं, काम तथा हिन्दी की विशेषता की रक्षा के लिये 'समन्वय' में एक हिन्दी-भाषी सम्पादक रहता था। इस तरह मैं 'समन्वय' में जाकर स्वामीजी महाराजों के साथ, 'उद्बोधन' कार्यालय, बाग़बाज़ार में रहने लगा। यही पहले-पहल आचार्य स्वामी सारदानन्दजी महाराज के दर्शन किये। यह 1922 ई. की बात है।

स्वामी सारदानन्दजी इतने स्थूल थे कि उन्हें देखकर डर लगता था। यद्यपि डरवाली बात मेरे पास बहुत पहले ही से कम थी, भूतों से साक्षात्कार करने के लिये रात-रात-भर श्मशानों की सैर करता रहा था, और आधी रात को घर से निकलकर पैदल आठ-नौ कोस ज़मीन चलकर सुबह आचार्य द्विवेदीजी के दर्शन किए थे, फिर भी स्वामी सारदानन्दजी की ओर बहुत दिनों तक मैं देख नहीं सका। पर मैं आँखें झुकाकर, प्रणामकर उनकी सभा में कभी-कभी बैठ जाता था–बातचीत सुनने के लिये। किसी दर्शन या धर्मग्रन्थ का पाठ होने पर उठकर चला आता था, क्योंकि दार्शनिकता की मात्रा यों भी दिमाग़ में बहुत ज़्यादा थी, जी घबरा उठता था। स्वामीजी की वार्तालाप-सभा में महीनों मैंने संयम रक्खा; कुछ बोलकर बेवकूफ़ न बनूँगा, सिद्धान्त कर लिया था। बाहर के आये हुए विद्वानों को देखता भी था, अंट-संट बकते जा रहे हैं; न सर, न पूँछ; उनको आवाज़ की किरकिराहट अर्थ से पहले अनर्थ व्यंजित करती थी। स्वामीजी मेरी 'यावात्किंचिन्नभाषते' नीति पर प्रसन्न होकर मुस्कराते थे। एक रोज़ धैर्य जाता रहा। मैंने पूछा–"यह संसार मुझमें है, या मैं इस संसार में हूँ?" उन्होंने बड़े स्नेह से कहा–"इस तरह नहीं।"

हमारे यहाँ की जैसी संस्कृति थी, मैं बचपन से सन्तों की सूक्तियों पर भक्ति करता हुआ विशेष रूप से ईश्वरानुरक्त हो चला था। इसलिए सो जाने पर देवताओं

के स्वप्न बहुत देखता था। जो देव जाग्रत् अवस्था में कभी नहीं बोले, मैं ही बातचीत करता थकता था, वे सो जाने पर दम न भरते थे। इसे धर्म-ग्रन्थों में शुभ लक्षण कहा है। पर मेरे लिये यह उत्तरोत्तर अशुभ हो चला। क्योंकि बराबर यह प्रश्न जारी रहा कि मूर्त्तियाँ जाग्रत् अवस्था में क्यों नहीं बोलतीं? रात की अनिद्रा और दिन की उधेड़-बुन के शुभ लक्षण सहज ही अनुमेय हैं। क्रमशः दार्शनिकता प्रबल हो चली। धीरे-धीरे देवताओं के कथोपकथन के फलस्वरूप घोर नास्तिक, शंकितचित्त हो गया। जब 'समन्वय' के सम्पादन के लिये गया था, तब यही दशा थी। आस्तिकता पहले के उपार्जित संस्कार या धूप-छाँह की सार्थकता की तरह आती थी। एक दिन मैंने स्वामीजी से कहा, सो जाने पर मेरे साथ देवता बातचीत करते हैं। वह सस्नेह हँसकर बोले, बाबूराम महाराज से भी करते थे (स्वामी प्रेमानन्दजी का पहला नाम श्रीबाबूराम था। इनका ज़िक्र मैं कर चुका हूँ कि श्रीरामकृष्ण के शिष्यों में पहले इन्हीं के दर्शन मैंने महिषादल में किए थे)। इस प्रसंग के कुछ ही दिनों में, मैं अपने एक बंगाली मित्र के बिस्तरे पर सो रहा था, दुपहर को सोने का मुझे अब भी अभ्यास है, देखता हूँ कि "स्वामी सारदानन्दजी महाध्यान में मग्न हैं," ईश्वरीय विभूति से युक्त ऐसी मूर्त्ति मैंने आज तक नहीं देखी–कमलासन बैठे हुए, ऊर्ध्वबाहु, मुद्रितनेत्र, मुख-मंडल पर महानन्द की दिव्य ज्योति, जो कुछ है, सब ऊपर उठा जा रहा है। इसी समय उनके सेवक एक सन्यासी महाराज उन्हें खिलाने के लिये रसगुल्ले ले गए; उसी ध्यानावस्थित अवस्था में स्वामीजी ने मेरी ओर इशारा किया। सेवक महाराज ने लौटकर मुझे रसगुल्लों का कटोरा दे दिया। मैं गया और एक रसगुल्ला खिलाकर लौट आया। कटोरा सेवक सन्यासी महाराज को दे दिया।

बस, आँख खुल गई। मेरा मस्तिष्क हिम-शीकरों-सा स्निग्ध हो गया। उनमें महाज्ञान का कितना बड़ा प्रत्यक्ष प्रमाण मैंने देखा है, मैं क्या कहूँ।

पर मेरी विरोधी शक्ति बराबर प्रबल रही। तीव्र तीक्ष्ण दार्शनिक वज्र-प्रहारों से बराबर मैं मन से उनका अस्तित्व मिटाता रहा–मिटा देता था, तभी काम कर सकता था, पर वह काम–जो घर के लिये, संसार के लिये बन्धनों से मुक्त होनेवाला सामाजिक और साहित्यिक उत्तरदायित्व लिए हुए था। पर आकाश से सीमावकाश में आकर भी मैं आकाश में ही रहता हूँ, ज्यों-ज्यों लड़ता गया–जुदा होता गया, यह भाव प्रबल होता रहा। जीवन्मुक्त महापुरुष क्या हैं, मैं अब और अच्छी तरह समझने लगा। मैं प्रहार करता हुआ जब थक जाता था, तब मेरे मनस्तत्त्व के सत्य-स्वरूप स्वामी सारदानन्दजी मुझे रंगीन छाया की तरह ढककर हँसते हुए तर कर देते थे।

इन महादार्शनिक, महाकवि, स्वयंभू, मनस्वी, चिर-ब्रह्मचारी, सन्यासी, महापण्डित, सर्वस्वत्यागी साक्षात् महावीर के समक्ष देवत्व, इन्द्रत्व और मुक्ति भी तुच्छ है। मैंने भी देश तथा प्रदेशों के बड़े-बड़े कवियों, दार्शनिकों, पण्डितों तथा पुरुषों के साथ एक सर्वश्रेष्ठ उपाधि से भूषित किए हुए अनेकानेक लोगों को देखा है, पर वाहरे संसार, सत्य की कितनी खरी जाँच तूने की–महाविद्या ओर महापुरूष-चरित्रों का कितने पोच मस्तिकों में तूने पता लगाया! मैं ब्राह्मण था, किसी मनुष्य को सिर नहीं झुकाया, मेरे चरित्र का पूरा अध्ययन कीजिएगा, चरित्र और ज्ञान, जीवन और परिसमाप्ति में जो 'एजति, न एजति' को सार्थक करने वाले ब्रह्म थे, उन्होंने अपनी पूर्णता देकर मेरी स्वल्पता ले ली। अब दोनों भाव उन्हीं के हैं, एक से वह लड़ते हैं, दूसरे से बचते हैं–यही मेरा इस समय का जीवन है।

स्वामी सारदानन्दजी के जिन सेवक सन्यासी के हाथ से कटोरा लेकर स्वप्न में मैंने स्वामीजी को रसगुल्ला खिलाया था, उन्होंने मुझसे एक रोज़ एका एक कहा–"तुम मन्त्र नहीं लोगे?–जाओ।" मैंने सोचा, "यहाँ महाप्रसाद की तरह मन्त्र भी बँटता होगा, लेने में हर्ज क्या है?" मुझे बड़े को गुरु मानने में आपत्ति कभी नहीं रही, रहा सिर्फ़ गुरुडम के खिलाफ़, फिर मन्त्र लेने से कुछ मिलता ही है; जहाँ मिलनेवाली सूचना हो, वहाँ पैर न बढ़ाए, ब्राह्मण का कोई बेवक़ूफ़ लड़का होगा। मैं सपाटा-चाल ज़ीना तय करके स्वामीजी के कमरे में पहुँचा और बैठ गया। उन्होंने पूछा, "क्या है?" मैंने कहा, "मन्त्र लेने आया हूँ।" मेरे स्वर में न जाने क्या था। मुझे तन्त्र-मन्त्र पर बिल्कुल विश्वास न था। स्वामीजी प्रसन्न गम्भीरता से बोले–"अच्छा, फिर कभी आना।"

मैंने मन में कहा, अब इञ्जानिब नहीं जाने के। कई रोज़ हो गए, नहीं गया। वहाँ कभी-कभी माँ के कमरे में (श्रीपरम-हंसदेव की धर्मपत्नी श्रीश्री- सारदामणिदेवी, तब माँ देह छोड़ चुकी थीं) तुलसीकृत रामायण पढ़ता था। पहले दिन पढ़ी थी, तब स्वामी सारदानन्दजी ने प्रसाद के दो रसगुल्ले दिलाये थे। सबको एक रसगुल्ला मिलता है। केवल शंकर महाराज (स्वामी सारदानन्दजी के बड़े गुरुभाई, श्रीरामकृष्ण-मिशन के प्रथम प्रेसीडेण्ट, पूज्य-पाद स्वामी ब्रह्मानन्दजी के प्रिय शिष्य) को दो रसगुल्ले पाते हुए बाद को मैंने देखा था, पर उन्होंने एक रसगुल्ला मुझे दे दिया था। एक बार माँ को प्रणामकर, प्रसाद लेकर मैं स्वामी सारदानन्दजी महाराज के ज़ीने की तरफ़ से उतरने के लिये जा रहा था, प्रसाद मेरे हाथ में था, मन बड़ा प्रफुल्ल, फूल-सा खिला हुआ, हल्का; गोस्वामी तुलसीदासजी की भारतीय संस्कृति मन को ढके हुए; स्वामीजी आ रहे थे, मुझे भावावेश में देखकर, रास्ता छोड़कर एक तरफ़ हट गए;

मुझे होश था ही, मैं भी हटकर खड़ा हो गया कि यह चले जाएँ, तो जाऊँ। स्वामीजी ने पूछा–"यह प्रसाद किसके लिये लिये जा रहे हो?" (स्वामीजी से मेरी बँगला में बातचीत होती थी) मैंने कहा–"अपने लिये।" उन्होंने कहा–"अच्छा, खाकर आओ।" चटपट प्रसाद खाकर मैं ऊपर गया। स्वामीजी अपने कमरे के सामने उसी रास्ते पर खड़े थे। मुझे देखकर बड़े स्नेह से पूछा–"उस रोज़ तुम क्या कहने वाले थे?" मैंने कहा–"मुझे तन्त्र-मन्त्र पर विश्वास नहीं।" उन्होंने पूछा–"तुम गुरुमुख हो?" मैंने कहा–"हाँ, पर तब मैं नौ साल का था।" उन्होंने कहा–"हम लोग तो श्रीरामकृष्ण को ही ईश मानते हैं।" मैंने कहा–"ऐसा तो मैं भी मानता हूँ।" उत्तर की मैंने कभी देर नहीं की, वह ठीक हो, ग़लत। पहले क्या कह गया हूँ, फिर क्या कह रहा हूँ, इसकी तरफ़ ध्यान देनेवाला सच्चा वक़्ता, लेखक, कवि या दार्शनिक नहीं–वकला की मुक्ति में गण्य नहीं, कलाकारों के ऐसे कथन का मैं सजीव उदाहरण था। स्वामीजी के भारतीय कान ऐसे न थे, जो अँगरेज़ी बाजे के विवादी स्वरों से भड़ककर उसे सङ्गीत स्वीकार ही न करते। वह भावस्थ गुरुत्व से मेरे सामने आये। मुझे ऐसा जान पड़ा, एक ठण्डी छाँह में मैं डूबता जा रहा हूँ। फिर मेरे गले में अपनी उँगली से एक बीजमन्त्र लिखने लगे। मैंने मन को गले के पास ले जाकर क्या लिख रहे हैं, पढ़ने की बड़ी चेष्टा की, पर कुछ मेरी समझ में न आया।

परोक्ष रीति से ध्यान-धारणा के लिये स्वामीजी मुझे कभी-कभी याद दिला देते थे, पर मुझे यह धुन थी कि अब देखना है, गलेवाला मन्त्र क्या गुल खिलाता है। पूजा-पाठ जो कुछ कभी-कभी करता था, वह भी बन्द कर दिया। मुझे कुछ ही दिनों में जान पड़ने लगा, मेरा निचला हिस्सा ऊपर और ऊपरवाला नीचे हो गया है, और रामकृष्ण-मिशन के साधु मुझे खींच रहे हैं। अजीब घबराहट हुई। मैंने सोचा, इन साधुओं ने मुझ पर वशीकरण किया है। तब 'समन्वय' के कार्यकर्त्ता 'उद्बोधन' छोड़कर 'मतवाला'-ऑफ़िस में (तब 'मतवाला' न निकलता था, बालकृष्ण प्रेस था, मालिक 'मतवाला' के सम्पादक बाबू महादेव-प्रसादजी सेठ थे) किराए के कमरों में रहते थे। मैं भी उनके साथ अलग कमरे में रहता था। महादेव बाबू से मैंने कहा, ये साधु लोग मुझे जादूगर जान पड़ते हैं। महादेव बाबू गम्भीर होकर बोले, यह आपका भ्रम है। मैंने कुछ न कहा, पर मुझे भ्रम होता, तो विश्वास भी होता। एक रोज़ ऐसा हुआ कि उन्हीं साधुओं में से एक की मेरे पास आकर यही हालत हुई। यह दर्शन-शास्त्र के एम. ए. हैं। आजकल अमेरिका में प्रचार कर रहे हैं। जब खिंचने लगे, तो बोले–"पण्डित जी, क्या आप वशीकरण जानते हैं?" मैंने मन में कहा–"हूँ।" खुलकर बोला–"मैं मारण, मोहन, वशीकरण, उच्चाटन सबमें सिद्ध हूँ।"

इसके बाद एक दिन स्वप्न देखा–ज्योतिर्मय समुद्र है, श्यामा की बाँह पर मेरा मस्तक, मैं लहरों में हिल रहा हूँ।

फिर इतने चमत्कार इधर दस वर्षों में देखे कि अब बड़े-बड़े कवियों तथा दार्शनिकों की चमत्कारोक्तियाँ पढ़कर हँसी आती है। वह मन्त्र भी तीन साल हुए, आग-सा चमकता हुआ कुछ दिनों तक सामने आया। उसे मैंने पढ़ लिया है।

शिकार को निकला शेर

एक शेर एक रोज जंगल में शिकार के लिए निकला। उसके साथ एक गधा और कुछ दूसरे जानवर थे। सब-के-सब यह मत ठहरा कि शिकार का बराबर हिस्सा लिया जायेगा। आख़िर एक हिरन पकड़ा और मारा गया। जब साथ के जानवर हिस्सा लगाने चले, शेर ने धक्के मारकर उन्हें अलग कर दिया और कुल हिस्से छाप बैठा।

उसने गुर्राकर कहा, "बस, हाथ हटा लो। यह हिस्सा मेरा है, क्योंकि मैं जंगल का राजा हूँ और यह हिस्सा इसलिए मेरा है, क्योंकि मैं इसे लेना चाहता हूँ, और यह इसलिए कि मैंने बड़ी मेहनत की है। और एक चौथे हिस्से के लिए तुम्हें मुझसे लड़ना होगा, अगर तुम इसे लेना चाहोगे।" ख़ैर, उसके साथी न तो कुछ कह सकते थे, न कर सकते थे; जैसा अकसर होता है, शक्ति सत्य पर विजय पाती है, वैसा ही हुआ।

सौदागर और कप्तान

एक सौदागर समुद्री यात्रा कर रहा था, एक रोज उसने जहाज के कप्तान से पूछा, "कैसी मौत से तुम्हारे बाप मरे?"

कप्तान ने कहा, "जनाब, मेरे पिता, मेरे दादा और मेरे परदादा समन्दर में डूब मरे।"

सौदागर ने कहा, "तो बार-बार समुद्र की यात्रा करते हुए तुम्हें समन्दर में डूबकर मरने का खौफ नहीं होता?"

"बिलकुल नहीं," कप्तान ने कहा, "जनाब, कृपा करके बतलाइए कि आपके पिता, दादा और परदादा किस मौत के घाट उतरे?"

सौदागर ने कहा, "जैसे दूसरे लोग मरते हैं, वे पलंग पर सुख की मौत मरे।"

कप्तान ने जवाब दिया, "तो आपको पलंग पर लेटने का जितना खौफ होना चाहिए, उससे ज़्यादा मुझे समुद्र में जाने का नहीं।"

विपत्ति का अभ्यास पड़ जाने पर वह हमारे लिए रोज़मर्रा की बात बन जाती है।

महावीर और गाड़ीवान

एक गाड़ीवान अपनी भरी गाड़ी लिए जा रहा था। गली में कीचड़ था। गाड़ी के पहिए एक खंदक में धँस गये। बैल पूरी ताकत लगाकर भी पहियों को निकाल न सके। बैलों को जुए से खोल देने की जगह गाड़ीवान ऊँचे स्वर में चिल्ला-चिल्लाकर इस बुरे वक़्त में देवताओं की मदद माँगने लगा कि वे उसकी गाड़ी में हाथ लगाएँ। उसी समय सबसे बली देवता महावीर गाड़ीवान के सामने आकर खड़े हो गए, क्योंकि उसने उनका नाम लेकर कई दफ़े उन्हें पुकारा था।

उन्होंने कहा, "अरे आलसी आदमी! पैंजनी से अपना कन्धा लगा, और बैलों को बढ़ने के लिए ललकार। अगर इस तरह गाड़ी नहीं निकली, तब तेरा काम देवताओं को पुकारना होता है। क्या तुम्हारे विचार में यह आता है कि जब तुम खड़े हो, उन्हें तुम्हारे लिए काम करना पड़ता है? यह अनुचित है।"

जो अपनी मदद करता है, ईश्वर उसी की मदद करते हैं।

कंजूस और सोना

एक आदमी था, जिसके पास काफ़ी ज़मींदारी थी, मगर दुनिया की किसी दूसरी चीज़ से सोने की उसे अधिक चाह थी। इसलिए पास जितनी ज़मीन थी, कुल उसने बेच डाली और उसे कई सोने के टुकड़ों में बदला। सोने के इन टुकड़ों को गलाकर उसने बड़ा गोला बनाया और उसे बड़ी हिफ़ाज़त से ज़मीन में गाड़ दिया। उस गोले की उसे जितनी परवाह थी, उतनी न बीवी की थी, न बच्चे की, न ख़ुद अपनी जान की। हर सुबह वह उस गोले को देखने के लिए जाता था और यह मालूम करने के लिए कि किसी ने उसमें हाथ नहीं लगाया! वह देर तक नज़र गड़ाए उसे देखा करता था।

कंजूस की इस आदत पर एक दूसरे की निगाह गई। जिस जगह वह सोना गड़ा था, धीरे-धीरे वह ढूँढ़ निकाली गई। आख़िर में एक रात किसी ने वह सोना निकाल लिया।

दूसरे रोज सुबह को कंजूस अपनी आदत के अनुसार सोना देखने के लिए गया, मगर जब उसे वह गोला दिखाई न पड़ा, तब वह गम और गुस्से में जामे से बाहर हो गया।

उसके एक पड़ोसी ने उससे पूछा, "इतना मन क्यों मारे हुए हो? असल में तुम्हारे पास कोई पूँजी नहीं थी, फिर कैसे वह तुम्हारे हाथ से चली गई? तुम सिर्फ़ एक शौक ताजा किए हुए थे कि तुम्हारे पास पूँजी थी। तुम अब भी ख़्याल में लिए रह सकते हो कि वह माल तुम्हारे पास है। सोने के उस पीले गोले की जगह उतना ही बड़ा पत्थार का एक टुकड़ा रख दो और सोचते रहो कि वह गोला अब भी मौजूद है। पत्थर का वह टुकड़ा तुम्हारे लिए सोने का गोला ही होगा, क्योंकि उस सोने से तुमने सोनेवाला काम नहीं लिया। अब तक वह गोला तुम्हारे काम नहीं आया। उससे आँखें सेंकने के सिवा काम लेने की कभी तुमने सोची ही नहीं।"

यदि आदमी धन का सदुपयोग न करे, तो उस धन की कोई क़ीमत नहीं।

गधा और मेंढक

एक गधा लकड़ी का भारी बोझ लिए जा रहा था। वह एक दलदल में गिर गया। वहाँ मेंढकों के बीच जा लगा। रेंकता और चिल्लाता हुआ वह उस तरह साँसें भरने लगा, जैसे दूसरे ही क्षण मर जायेगा।

आख़िर को एक मेंढक ने कहा, "दोस्त, जब से तुम इस दलदल में गिरे, ऐसा ढोंग क्यों रच रहे हो? मैं हैरत में हूँ, जब से हम यहाँ हैं, अगर तब से तुम होते तो न जाने क्या करते?"

हर बात को जहाँ तक हो, सँवारना चाहिए। हमसे भी बुरी हालत वाले दुनिया में हैं।

दो घड़े

एक घड़ा मिट्टी का बना था, दूसरा पीतल का। दोनों नदी के किनारे रखे थे। इसी समय नदी में बाढ़ आ गई, बहाव में दोनों घड़े बहते चले। बहुत समय मिट्टी के घड़े ने अपने को पीतलवाले से काफ़ी फासले पर रखना चाहा।

पीतलवाले घड़े ने कहा, "तुम डरो नहीं दोस्त, मैं तुम्हें धक्के न लगाऊँगा।"

मिट्टीवाले ने जवाब दिया, "तुम जान-बूझकर मुझे धक्के न लगाओगे, सही है; मगर बहाव की वजह से हम दोनों ज़रूर टकराएँगे। अगर ऐसा हुआ तो तुम्हारे बचाने पर भी में तुम्हारे धक्कों से न बच सकूँगा और मेरे टुकड़े-टुकड़े हो जाएँगे। इसलिए अच्छा है कि हम दोनों अलग-अलग रहें।"

जिससे तुम्हारा नुकसान हो रहा हो, उससे अलग ही रहना अच्छा है, चाहे वह उस समय के लिए तुम्हारा दोस्त भी क्यों न हो।

भेड़िया, भेड़िया

एक चरवाहा लड़का गाँव के जरा दूर पहाड़ी पर भेड़ें ले जाया करता था। उसने मज़ाक करने और गाँववालों पर चड्ढी गाँठने की सोची। दौड़ता हुआ गाँव के अन्दर आया और चिल्लाया, "भेड़िया, भेड़िया! मेरी भेड़ों से भेड़िया लगा है।"

गाँव की जनता टूट पड़ी। भेड़िया खेदने के हथियार ले लिए। लेकिन उनके दौड़ने और व्यर्थ हाथ-पैर मारने की चुटकी लेता हुआ चरवाहा लड़का आँखों में मुसकराता रहा। समय-समय पर कई बार उसने यह हरकत की। लोग धोखा खाकर उतरे चेहरे से लौट आते थे।

एक रोज सही-सही उसकी भेड़ों में भेड़िया लगा और एक के बाद दूसरी भेड़ तोड़ने लगा। डरा हुआ चरवाहा गाँव आया और 'भेड़िया-भेड़िया' चिल्लाया।

गाँव के लोगों ने कहा, "अबकी बार चकमा नहीं चलने का। चिल्लाता रह।"

लड़के की चिल्लाहट की ओर उन लोगों ने ध्यान नहीं दिया। भेड़िये ने उसके दल की कुल भेड़ें मार डालीं, एक को भी जीता नहीं छोड़ा।

इस कहानी से यह नसीहत मिलती है कि जो झूठ बोलने का आदी है, उसके सच बोलने पर भी लोग कभी विश्वास नहीं करते।

श्रीमती गजानन्द शास्त्रीणी

श्रीमती गजानन्द शास्त्रिणी श्रीमान पं. गजानन्द शास्त्री की धर्मपत्नी हैं। श्रीमान शास्त्री जी ने आपके साथ यह चौथी शादी की है, धर्म की रक्षा के लिए। शास्त्रिणी के पिता को षोडशी कन्या के लिए पैंतालीस साल का वर बुरा नहीं लगा, धर्म की रक्षा के लिए। वैद्य का पेशा अख्यितार किये शास्त्री जी ने युवती पत्नी के आने के साथ 'शास्त्रिणी' का साइन-बोर्ड टाँगा, धर्म की रक्षा के लिए। शास्त्रिणी जी उतनी ही उम्र में गहन पातिव्रत्य पर अविराम लेखनी चलाने लगीं, धर्म की रक्षा के लिए। मुझे यह कहानी लिखनी पड़ रही है, धर्म की रक्षा के लिए।

इससे सिद्ध है, धर्म बहुत ही व्यापक है। सूक्ष्म दृष्टि से देखने वालों का कहना है कि नश्वर संसार का कोई काम धर्म के दायरे से बाहर नहीं। सन्तान पैदा होने के पहले से मृत्यु के बाद पिण्डदान तक जीवन के समस्त भविष्य, वर्तमान और भूत को व्याप्त कर धर्म-ही-धर्म है।

जितने देवता हैं, चूँकि देवता हैं, इसलिए धर्मात्मा हैं। मदन को भी देवता कहा है। यह जवानी के देवता हैं। जवानी जीवनभर का शुभ मुहूर्त है, सबसे पुष्ट, कर्मठ और तेजस्वी सम्मान्य, फलत: क्रियाएँ भी सबसे अधिक महत्त्वपूर्ण, धार्मिकता लिए हुए। मदन को कोई देवता न माने तो न माने पर यह निश्चय है कि आज तक कोई देवता इन पर प्रभाव न डाल सका। किसी धर्म, शास्त्र और अनुशासन के मानने वालों ने ही इनकी अनुवर्तिता की है। यौवन को भी कोई कितना निंद्य कहे, चाहते सब हैं, वृद्ध सर्वस्व भी स्वाहा कर। चिह्न तक लोगों को प्रिय हैं–खिजाब की कितनी खपत! धातु-पुष्टि की दवा सबसे ज़्यादा बिकती है। साबुन, सेंट, पाउडर, क्रीम, हेजलीन, वेसलीन, तेल-फुलेल के लाखों कारखानें हैं और इस दरिद्र देश में। जब न थे, रामजी और सीताजी उबटन लगाते थे। नाम और प्रसिद्धि कितनी है–संसार के सिनेमा-स्टारों को देख जाइए। किसी शहर में गिनिए–कितने सिनेमा-हाउस हैं।

भीड़ भी कितनी–आवारागर्द मवेशी काइन्ज हाउस में इतने न मिलेंगे। देखिए–हिन्दू, मुसलमान, सिख, पारसी, जैन, बौद्ध, क्रिस्तान, सभी; साफ़ा, टोपी, पगड़ी, कैप, हैट और पाग से लेकर नंगा सिर-घुटना तक, अद्वैतवादी, विशिष्टतावादी, द्वैतवादी, द्वैताद्वैतवादी, शुद्धाद्वैतवादी, साम्राज्यवादी, आतंकवादी, समाजवादी, काजी, सूफी से लेकर छायावादी तक; खड़े-बेड़े, सीधे-टेढ़े सब तरह के तिलक-त्रिपुण्ड; बुरकेवाली, घूँघटवाली, पूरे और आधे और चौथाई बाल वाली, खुली और मुन्दी चश्मेवाली आँखें तक देख रही हैं। अर्थात संसार के जितने धर्मात्मा हैं, सभी यौवन से प्यार करते हैं। इसलिए उसके कार्य को भी धर्म कहना पड़ता है। किसी के न कहने, न मानने से वह अधर्म नहीं होता।

अस्तु, इस यौवन के धर्म की ओर शास्त्रिणी जी का धावा हुआ, जब वे पन्द्रह साल की थीं अविवाहिता। यह आवश्यक था, इसलिए पाप नहीं। मैं इसे आवश्यकतानुसार ही लिखूँगा। जो लोग विशेष रूप से समझना चाहते हों, वे जितने दिन तक पढ़ सकें, काम-विज्ञान का अध्ययन कर लें। इस शास्त्र पर जितनी पुस्तकें हैं, पूर अध्ययन के लिए पूरा मनुष्य-जीवन थोड़ा है। हिन्दी में अनेक पुस्तकें इस पर प्रकाशित हैं, बल्कि प्रकाशन को सफल बनाने के लिए इस विषय की पुस्तकें आधार मानी गई हैं। इससे लोगों को मालूम होगा कि यह धर्म किस अवस्था से किस अवस्था तक किस-किस रूप में रहता है।

शास्त्रिणी जी के पिता जिला बनारस के रहने वाले हैं, देहात के, प्रयासी, सरयूपारीण ब्राह्मण; मध्यमा तक संस्कृत पढ़े; घर के साधारण ज़मींदार, इसलिए आचार्य भी विद्वता का लोहा मानते हैं। गांव में एक बाग़ कलमी लंगड़े का है। हर साल भारत-सम्राट को आम भेजने का इरादा करते हैं, जब से वायुयान-कम्पनी चली। पर नीचे से ऊपर को देखकर ही रह जाते हैं, सांस छोड़कर। जिले के अंग्रेज़ हाकिमों को आम पहुँचाने की पितामह के समय से प्रथा है। ये भी सनातन धर्मानुयायी हैं। नाम पं. रामखेलावन है।

रामखेलावन जी के जीवन में एक सुधार मिलता है। अपनी कन्या का, जिन्हें हम शास्त्रिणी जी लिखते हैं, नाम उन्होंने सुपर्णा रखा है। गाँव की जीभ में इसका रूप नहीं रह सका; प्रोग्रसिव राइटर्स की साहित्यिकता की तरह 'पन्ना' बन गया है। इस सुधार के लिए हम पं. रामखेलावन जी को धन्यवाद देते हैं। पण्डित जी समय काटने के विचार से आप ही कन्या को शिक्षा देते थे, फलस्वरूप कन्या भी उनके साथ समय काटती गई और पन्द्रह साल की अवस्था तक सारस्वत में हिलती रही।

फिर भी गाँव की वधू-वनिताओं पर, उसकी विद्वता का पूरा प्रभाव पड़ा। दूसरों पर प्रभाव डालने का उसका ज़मींदारी स्वभाव था, फिर संस्कृत पढ़ी, लोग मानने लगे। गति में चापल्य उसकी प्रतिभा का सबसे बड़ा लक्षण था।

उन दिनों छायावाद का बोलबाला था, खास तौर से इलाहाबाद में लड़के पन्त के नाम का माला जपते थे। ध्यान लगाए कितनी लड़ाइयाँ लड़ीं प्रसाद, पन्त और माखनलाल के विवेचन में। भगवतीचरण बायरन के आगे हैं, पीछे रामकुमार, कितनी ताकत से सामने आते हुए। महादेवी कितना खीचती हैं।

मोहन उसी गाँव का इलाहाबाद विश्वविद्यालय में बी.ए. (पहले साल) में पढ़ता था। यह रंग उस पर भी चढ़ा और दूसरों से अधिक। उसे पन्त की प्रकृति प्रिय थी, और इस प्रियता से जैसे पन्त में बदल जाना चाहता था। संकोच, लज्जा, मार्जित मधुर उच्चारण, निर्भिक नम्रता, शिष्ट अलाप, सजधज उसी तरह। रचनाओं से रच गया। साधना करते सधी रचना करने लगा। पर सम्मेलन शरीफ अब तक नहीं गया। पिता हाई कोर्ट में क्लर्क थे। गर्मी की छुट्टियों में गाँव आया हुआ है।

सुपर्णा से परिचय है जैसे पर्ण और सुमन का। सुमन पर्ण के ऊपर है, सुपर्णा नहीं समझी। ज़मींदार की लड़की, जिस तरह वहाँ की समस्त डालों के ऊपर अपने को समझती थी, उसके लिए भी समझी। ज्यों-ज्यों समय की हवा से हिलती थी, सुमन की रेणु से रंग जाती थी; वह उसी का रंग है। मोहन शिष्ट था, पर अपना आसन न छोड़ता था।

सुपर्णा एक दिन बाग़ में थी। मोहन लौटा हुआ घर आ रहा था। सुपर्णा रंग गई। बुलाया। मोहन फिर भी घर की तरफ चला।

'मोहन! ये आम बाबूजी दे गए हैं, ले जाओ। तकवाहा बाज़ार गया है।'

मोहन बाग़ की ओर चला। नजदीक गया तो सुपर्णा हँसने लगी, 'कैसा धोखा देकर बुलाया है?–आम बाबूजी ने तुम्हारे यहाँ कभी और भिजवाए हैं? मोहन लजाकर हँसने लगा।

'लेकिन तुम्हारे लिए कुछ आम चुनकर मैंने रखे हैं। चलो।'

मोहन ने एक बार संयत दृष्टि से उसे देखा। सुपर्णा साथ लिए बीच बाग़ की तरफ चली, 'मैंने तुम्हें आते देखा था, तुमसे मिलने को छिपकर चली आयी। तकवाहे को सौदा लेने बाज़ार (दूसरे गाँव) भेज दिया है। याद है मोहन ?'

'क्या?'

'मेरी गुइंइयों ने तुम्हारे साथ, खेल में।'

'वह तो खेल था।'

'नहीं वह सही था। मैं अब भी तुम्हें वही समझती हूँ।'

'लेकिन तुम पयासी हो। शादी तुम्हारे पिता को मंजूर न होगी।'

'तो तुम मुझे कहीं ले चलो। मैं तुमसे कहने आयी हूँ। दूसरे से ब्याह करना मैं नहीं चाहती।'

मोहन की सुन्दरता गाँव की रहने वाली सुपर्णा ने दूसरे युवक में नहीं देखी। उसका आकर्षण उसकी माँ को मालूम हो चुका था। उसका मोहन के घर जाना बन्द था। आज पूरी शक्ति लड़ाकर, मौका देखकर मोहन से मिलने आयी है। मोहन खिंचा। उसे वहाँ वह प्रेम न दिखा, वह जिसका भक्त था, कहा–

'लेकिन मैं कहाँ ले चलूं?'

'जहाँ रहते हो।'

'वहाँ तो पिता जी हैं।'

'तो और कहीं।'

'खाएँगे क्या?'

खाना पड़ता है, यह सुपर्णा को याद न था। मोहन से लिपटी जा रही थी। इसी समय तकवाहा बाज़ार से आ गया था। देखकर सचेत करने के लिए आवाज दी। सुपर्णा घबराई। मोहन खड़ा हो गया।

तकवाहा सौदा देकर मोहन को ज़मींदार की ही दृष्टि से घूरता रहा। मतलब समझकर मोहन धीरे-धीरे बाग़ से बाहर निकला और घर की ओर चला।

तकवाहा धार्मिक था। जैसा देखा था, पं. रामखेलावन जी से व्याख्या समेत कहा। साथ ही इतना उपदेश भी दिया कि मालिक! पानी की भरी खाल है, कल क्या हो जाए! बिटिया रानी का जल्द से ब्याह कर देना चाहिए।

पं. रामखेलावन जी भी धार्मिक थे। धर्म की सूक्ष्मतम दृष्टि से देखने लगे तो मालूम पड़ा कि सुपर्णा के गर्भ है, नौ-दस महीने में लड़का होगा। फिर? इस महीने लगन है–ब्याह हो जाना चाहिए।

जल्दी में बनारस चले।

पं. गजानन्द शास्त्री बनारस के बैद्य हैं। वैदकी साधारण चलती है, बड़े दाँव-पेंच करते हैं तब। पर आशा बहुत बढ़ी-चढ़ी है। सदा बड़े-बड़े आदमियों की तारीफ़ करते हैं और ऐस स्वर से, जैसे उन्हीं में ऐ एक हों। वैदकी चले इस अभिप्राय से शाम को रामायण पढ़ते-पढ़वाते हैं तुलसी कृत; अर्थ स्वयं कहते हैं। गोस्वामी जी के साहित्य का उनसे बड़ा जानकार–विशेषकर रामायण का, भारतवर्ष में नहीं, यह श्रद्धापूर्वक मानते हैं। सुनने वाले ज़्यादातर विद्यार्थी हैं, जो भरसक गुरु के यहाँ भोजन करके विद्याध्ययन करने काशी आते हैं। कुछ साधारण जन हैं,

जिन्हें असमय पर मुफ्त दवा की ज़रूरत पड़ती है। दो-चार ऐसे भी आदमी, जो काम तो साधारण करते हैं, पर असाधारण आदमियों में गप लड़ाने के आदी हैं। मजे की महफिल लगती है। कुछ महीने हुए, शास्त्री जी की तीसरी पत्नी का असच्चिकितसा के कारण देहान्त हो गया है। बड़े आदमी की तलाश में मिलने वाले अपने मित्रों से शास्त्री जी बिना पत्नी वाली अड़चनों का बयान करते हैं, और उतनी बड़ी गृहस्थी आठाबाठा जाती है–इसके लिए विलाप। सुपात्र सरयूपारीण ब्राह्मण हैं; मामखोर सुकुल।

पं. रामखेलावन जी बनारस में एक ऐसे मित्र के यहाँ आकर ठहरे, जो वैद्य जी के पूर्वोक्त प्रकार के मित्र हैं। रामखेलावन जी लड़की के ब्याह के लिए आए हैं, सुनकर मित्र ने उन्हें ऊपर ही लिया, और शास्त्री जी की तारीफ़ करते हुए कहा, 'सुपात्र बनारस शहर में न मिलेगा। शास्त्री जी की तीसरी पत्नी अभी गुज़री हैं; फिर भी उम्र अभी अधिक नहीं, जवान हैं।' शास्त्री, वैद्य, सुपात्र और उम्र भी अधिक नहीं-सुनकर पं. रामखेलावन जी ने मन-ही-मन बाबा विश्वनाथ को दण्डवत की और बाबा विश्वनाथ ने हिन्दू-धर्म के लिए क्या-क्या किया है, इसका उन्हें स्मरण दिलाया–वे भक्तवत्सल आशुतोष हैं, यह यहीं से विदित हो रहा है–मर्यादा की रक्षा के लिए अपनी पुरी में पहले से वर लिए बैठे हैं–आने के साथ मिला दिया। अब यह बन्धन न उखड़े, इसकी बाबा विश्वनाथ को याद दिलाई।

पं. रामखेलावन जी के मित्र पं. गजानन्द शास्त्री के यहाँ उन्हें लेकर चले। ज़मींदार पर एक धाक जमाने की सोची; कहा, 'लेकिन बड़े आदमी हैं, कुछ लेन-देन वाली पहले से कह दीजिए, आख़िर उनकी बराबरी के लिए कहना ही पड़ेगा कि ज़मींदार हैं।'

'जैसा आप कहें।'

'कुल मिलाकर तीन हजार तो दीजिए, नहीं तो अच्छा न लगेगा।'

'इतना तो बहुत है।'

'ढाई हजार? इतने से कम में न होगा। यह दहेज की बात नहीं, बनाव की बात है।'

'अच्छा, इतना कर दिया जाएगा। लेकिन विवाह इसी लगन में हो जाना चाहिए।'

'मित्र चौंका।' सन्देह मिटाने के लिए कहा, 'भई, इस साल तो नहीं हो सकता।'

पं. रामखेलावन जी घबराकर बोले, 'आप जानते ही हैं ग्यारह साल के बाद लड़की जितना ही पिता के यहाँ रहती है, पिता पर पाप चढ़ता है। पन्द्रह साल की है।

सुन्दर जोड़ी है। लड़की अपने घर जाए, चिन्ता कटे। जमाना दूसरा है।'

मित्र को आशा बँधी। सहानुभूतिपूर्वक बोले, 'बड़ा ज़ोर लगाना पड़ेगा, अगले साल हो तो बुरा तो नहीं?'

पं. रामखेलावन जी चलते हुए रुककर बोले, 'अब इतना सहारा दिया है, तो खेवा पार ही कर दीजिए। बड़े आदमी ठहरे, कोई हमसे भी अच्छा तब तक आ जाएगा।'

मित्र को मज़बूती हुई। बोले, 'उनकी स्त्री का देहान्त हुआ है, अभी साल भी पूरा नहीं हुआ। बरखी से पहले मंजूर न करेंगे। लेकिन एक उपाय है, अगर आप करें।'

'आप जो भी कहें, हम करने को तैयार हैं, भला हमें ऐसा दामाद कहाँ मिलेगा?'

'बात यह कि कुल सराधें एक ही महीने में करवानी पड़ेगीं, और फिर ब्रह्मभोज भी तो है, और बड़ा। कम-से-कम तीन हजार खर्च होंगे। फिर तत्काल विवाह। आप तीन हजार रुपए भी दीजिए। पर उन्हें नहीं। अरे रे!–इसे वे अपमान समझेंगे। हम दें। इससे आपकी इज्जत बढ़ेगी, और आख़िर हमें बढ़कर उनसे कहना भी तो है कि बराबर की जगह है? हजार जब उनके हाथ पर रखेंगे कि आपके ससुर जी ने बरखी के ख़र्च के लिए दिए हैं, तब यह दस हजार के इतना होगा, यही तो बात थी। वे भी समझेंगे।'

पं. रामखेलावन जी दिल से कसमसाए, पर चारा न था। उतरे गले से कहा, 'अच्छा बात है।' मित्र ने कहा, 'तो रुपए कब तक भेजिएगा? अच्छा, अभी चलिए: देख तो लीजिए, विवाह की बातचीत न कीजिएगा, नहीं तो निकाल ही देंगे। समझिए -पत्नी मरी हैं।'

रामखेलावन दबे। धीरे-धीरे चलते गए। 'लड़की कुछ पढ़ी भी है? पढ़ती थी–तीन साल हुए, जब मैं गया था, गवाही थी–मौका देखने के लिए?' मित्र ने पूछा।

'लड़की तो सरस्वती है। आपने देखा ही है। संस्कृत पढ़ी है।'

'ठीक है। देखिए, बाबा विश्वनाथ हैं।' मित्र की तरह पर उतरे गले से कहा।

रामखेलावन जी डरे कि बिगाड़ न दे। दिल से जानते थे, बदमाश है, उनकी तरफ से झूठ गवाही दे चुका है रुपए लेकर; लेकिन लाचार थे; कहा, 'हम तो आपमें बाबा विश्वनाथ को ही देखते हैं। यह काम आपका बनाया बनेगा।'

मित्र हँसा। बोला, 'कह तो चुके। गाढ़े में काम न दे, वह मित्र नहीं, दुश्मन है।' सामने देखकर, 'वह शास्त्री जी का ही मकान है, सामने।' था वह किराये का मकान। अच्छी तरह देखकर कहा, 'हैं नहीं बैठक में; शायद पूजा में हैं।'

दोनों बैठक में गए। मित्र ने पं. रामखेलावन जी को आश्वासन देकर कहा, 'आप बैठिए। मैं बुलाए लाता हूँ।'

पं. रामखेलावन जी एक कुर्सी पर बैठे। मित्रवर आवाज देते हुए जीने पर चढ़े।

जिस तरह मित्र ने यहाँ रोब गाँठा था, उसी तरह शास्त्री जी पर गाँठना चाहा। वह देख चुका था, शास्त्री खिजाब लगाते हैं, अर्थ-विवाह के सिवा दूसरा नहीं। शास्त्री जी बढ़-चढ़कर बातें करते हैं, यह मौका बढ़कर बातें करने का है। उसका मन्त्र है, काम निकल जाने पर बेटा बाप का नहीं होता। उसे काम निकालना है।

शास्त्री जी ऊपर एकान्त में दवा कूट रहे थे। आवाज पहचानकर बुलाया। मित्र ने पहुँचने के साथ देखा–खिजाब ताजा है। प्रसन्न होकर बोला, 'मेरी मानिए, तो वह ब्याह कराऊं, जैसा कभी किया न हो, और बहू अप्सरा, संस्कृत पढ़ी, रुपया भी दिलाऊं।'

शास्त्री जी पुलकित हो उठे। कहा, 'आप हमें दूसरा समझते हैं?–इतनी मित्रता रोज की उठक-बैठक, आप मित्र ही नहीं–हमारे सर्वस्व हैं। आपकी बात न मानेंगे तो क्या रास्ता-चलते की मानेंगे?–आप भी !'

'आपने अभी स्नान नहीं किया शायद? नहाकर चन्दन लगाकर अच्छे कपड़े पहनकर नीचे आइए। विवाह करने वाले ज़मींदार साहब हैं। वहीं परिचय कराऊंगा। लेकिन अपनी तरफ से कुछ कहिएगा मत। नहीं तो, बड़ा आदमी है, भड़क जाएगा। घर की शेख़ी में मत भूलिएगा। आप जैसे उसके नौकर हैं। हाँ, जन्म-पत्र अपना हरगिज न दीजिएगा। उम्र का पता चला तो न करेगा। मैं सब ठीक कर दूँगा। चुपचाप बैठे रहिएगा। नौकर कहाँ है?'

'बाज़ार गया है।'

'आने पर मिठाई मँगवाइएगा। हालाँकि खाएगा नहीं। मिठाई से इन्कार करने पर नमस्कार करके सीधे ऊपर का रास्ता नापिएगा। मैं भी यह कह दूँगा, शास्ती तजी ने आधे घण्टे का समय दिया है।'

शास्त्री गजानन्द जी गदगद हो गए। ऐसा सच्चा आदमी यह पहला मिला है, उनका दिल कहने लगा। मित्र नीचे उतरा और मित्र से गम्भीर होकर बोला, 'पूजा में हैं, मैं तो पहले ही समझ गया था। दस मिनट के बाद आँख खोली, जब मैंने घण्टी टिनटिनाई। जब से स्त्री का देहान्त हुआ है, पूजा में ही तो रहते हैं। सिर हिलाकर कहा–चलो। देखिए, बाबा विश्वनाथ ही हैं। हे प्रभो! शरणागत-शरण! तुम्हीं हो-बाबा विश्वनाथ!' कहते हुए मित्र ने पलकें मूँद लीं।

इसी समय पैरों की आहट मालूम थी। देखा, नौकर आ रहा था। डाँटकर कहा, 'पंखा झल। शास्त्री जी अभी आते हैं।'

नौकर पंखा झलने लगा। वैद्य का बैठका था ही। पं. रामखेलावन जी प्रभाव में आ गए। आधे घण्टे बाद जीने में खड़ाऊं की खटक सुन पड़ी। मित्र उठकर हाथ जोड़कर खड़ा हो गया, उंगली के इशारे पं. रामखेलावन जी को खड़े हो जाने के लिए कहकर। मित्र की देखा-देखी पण्डित जी ने भी भक्तिपूर्वक हाथ जोड़ लिए। नौकर अचम्भे से देख रहा था। ऐसा पहले नहीं देखा था।

शास्त्री जी के आने पर मित्र ने घुटने तक झुककर प्रणाम किया। पं. रामखेलावन जी ने भी मित्र का अनुसरण किया। 'बैठिए, गदाधर जी' कोमल सभ्य कण्ठ से कहकर गजानन्द जी अपनी कुर्सी पर बैठ गये। वैद्यजी की बढिया गद्दीदार कुर्सी बीच में थी। पं. रामखेलावन जी आश्चर्य और हर्ष से देख रहे थे। आश्चर्य इसलिए कि शास्त्री जी बड़े आदती तो हैं ही, उम्र भी अधिक नहीं, 25 से 30 कहने की हिम्मत नहीं पड़ती।

शास्त्री जी ने नौकर को पान और मिठाई ले आने के लिए भेजा और स्वाभाविक बनावटी विनम्रता के साथ मित्रवर गदाधर ने आगंतुक अपरिचित महाशय का परिचय पूछने लगे। पं. गदाधर जी बड़े दात्त कण्ठ से पं. रामखेलावन जी की प्रशंसा कर चले, पर किस अभिप्राय से वे गए थे, यह न कहा। कहा, 'महाराज! आप एक अत्यन्त आवश्यक गृहधर्म से मुक्त होना चाहते हैं।

पलकें मूँदते हुए, भावावेश मे, शास्त्री जी ने कहा, 'काशी तो मुक्ति के लिए प्रसिद्ध है।'

'हाँ, महाराज!' मित्र ने और आविष्ट होते हुए कहा, 'वह छूट तो सबसे बड़ी मुक्ति है, पर यह साधारण मुक्ति ही है, जैसे बाबा विश्वनाथ के परमसिद्ध भक्त स्वीकारमात्र से इस भव-बन्धन से मुक्ति दे सकते हैं।' कहकर हाथ जोड़ दिए। पं. रामखेलावन जी ने भी साथ दिया।

हाँ, नहीं, कुछ न कहकर एकान्त धार्मिक दृष्टि को परम सिद्ध पं. गजानन्द जी शास्त्री पलकों के अन्दर करके बैठ रहे।

इसी समय नौकर पान और मिठाई ले आया। शास्त्री जी ने खटक से आँखें खोलकर देखा, नौकर को शुद्ध जल ले आने के लिए कहकर बड़ी नम्रता से पं. रामखेलावन जी को जलपान करने के लिए पूछा। पं. रामखेलावन जी दोनों हाथ उठाकर जीभ काटकर सिर हिलाते हुए बोले, 'नहीं महराज, नहीं, यह तो अधर्म है।

चाहिए तो हमें कि हम आपकी सेवा करें, बल्कि आपके सेवा सम्बन्ध में सदा के लिए–'

'अहाहा! क्या कही!–क्या कही!' कहकर, पूरा दोना उठाकर एक रसगुल्ला मुँह में छोड़ते हुए मित्र ने कहा, 'बाबा विश्वनाथ जी के वर से काशी का एक-एक बालक अन्तर्यामी होता है, फिर उनकी सभा के परिषद शास्त्री जी तो–'

शास्त्री जी अभिन्न स्नेह की दृष्टि से प्रिय मित्र को देखते रहे। मित्र ने, स्वल्पकाल मे रामभवन का प्रसिद्ध मिष्ठान उदरस्थ कर जलपान के पश्चात मगही बीड़ों की एक नत्थी मुखव्यादान कर यथा स्थान रखी। शास्त्री जी विनयपूर्वक नमस्कार कर जीना तै करने को चले। उनके पीठ फेरने पर मित्र ने रामखेलावन जी को पंजा दिखाकर हिलाते हुए आश्वासन दिया। शास्त्री जी के अदृश्य होने पर इशारे से पं. रामखेलावन जी को साथ लेकर वासस्थल की ओर प्रस्थान किया।

रामखेलावन जी के मौन पर शास्त्री जी का पूरा-पूरा प्रभाव पड़ चुका था। कहा, 'अब हमें इधर से जाने दीजिए; कल रुपए लेकर आएँगे। लेकिन इसी महीने विवाह हो जाएगा?'

'इसी महीने–इसी महीने', गम्भीर भाव से मित्र ने कहा, 'जन्मपत्र लड़की का लेते आइएगा। हाँ, एक बात और है। बाक़ी डेढ़ हजार में बाहर सौ का जेवर होना चाहिए, नया; आइएगा हम खरीदवा देंगे', दलाली की सोचते हुए–कहा, 'आपको ठग लेगा। आप इतना तो समझ गए होंगे कि इतने के बिना बनता नहीं, तीन सौ रुपए रह जाएँगे। खिलाने-पिलाने और परजों को देने की बहुत है। बल्कि कुछ बच जाएगा आपके पास। फिजूल खर्च हो यह मैं नहीं चाहता। इसीलिए, ठोस-ठोस काम वाला खर्च कहा। अच्छा, नमस्कार!'

शास्त्री जी का ब्याह हो गया। सुपर्णा पति के साथ है। शास्त्री जी ब्याह करते-करते कोमल हो गए थे। नवीना सुपर्णा को यथाभ्यास सब प्रकार प्रीत रखने लगे।

बाग़ से लौटने पर सुपर्णा के हृदय में मोहन के लिए क्रोध पैदा हुआ। घरवालों ने सख्त निगरानी रखने के अलावा, डर के मारे उससे कुछ नहीं कहा। उसने भी विरोध किए बिना विवाह के बहाव में अपने को बहा दिया। मन में यह प्रतिहिंसा लिए हुए, कि मोहन इस बहते में मिलेगा। और उसे हो सकेगा तो उचित शिक्षा देगी। शास्त्री जी को एकान्त भक्त देखकर मन में मुस्कराई।

सुपर्णा का जीवन शास्त्री जी के लिए भी जीवन सिद्ध हुआ। शास्त्री जी अपना कारोबार बढ़ाने लगे। सुपर्णा को वैदक की अनुवादित हिन्दी पुस्तकें देने लगे, नाड़ी-विचार चर्चा आदि करने लगे। उस आग में तृण की तरह जल-जलकर

जो प्रकाश देखने लगे, वह मर्त्य में उन्हें दुर्लभ मालूम दिया। एक दिन श्रीमती गजानन्द शास्त्रिणी के नाम से स्त्रियों के लिए बिना फीस वाला रोग परीक्षणालय खोल दिया - इस विचार से कि दवा के दाम मिलेंगे, फिर प्रसिद्धि होने पर फीस भी मिलेगी।

लेकिन ध्यान से सुपर्णा के पढ़ने का कारण कुछ और है। शास्त्री जी अपनी मेज की सज़ावट तथा प्रतीक्षा करते रोगियों के समय काटने के विचार से 'तारा' के ग्राहक थे। एक दिन सुपर्णा 'तारा' के पन्ने उलटने लगी। मोहन की एक रचना छिपी थी। यह उसकी पहली प्रकाशित कविता थी। विषय था 'व्यर्थ प्रणय'। बात बहुत कुछ मिलती थी। लेकिन कुछ निन्दा थी–जिस प्रेस से कवि स्वर्ग से गिरा जाता है–उसकी। काव्य की प्रेमिका का उसमें वहीं प्रेम दर्शाया गया था। सुपर्णा चौंकी। फिर संयत हुई और नियमित रूप से 'तारा' पढ़ने लगी।

एक साल बीत गया। अब सुपर्णा हिन्दी में मजे में लिख देती है। मोहन से उसका हाड़-हाड़ जल रहा था। एक दिन उसने पतिव्रत्य पर एक लेख लिखा। आजकल के छायावाद के सम्बन्ध में भी पढ़ चुकी थी और बहुत कुछ अपने पति से सुन चुकी थी। काशी हिन्दी के सभी वादों की भूमि है। प्रसाद काशी के ही हैं। उनके युवक पाठक शिष्य अनेक शास्त्रियों को बना चुके हैं। पं. गजानन्द शास्त्री गंगा नहाते समय कई बार तर्क कर चुके हैं, उत्तर भी भिन्न मुनि के भिन्न मत की तरह अनेक मिल चुके हैं। एक दिन शास्त्री जी के पूछने पर एक ने कहा, 'छायावाद का अर्थ है शिष्टतावाद; छायावादी का अर्थ है सुन्दर साफ़ वस्त्र और शिष्ट भाषा धारण करने वाला; जो छायावादी है, वह सुवेश और मधुरभाषी है; जो छायावादी नहीं है वह काशी के शास्त्रियों की तरह अंगोछा पहनने वाला है या नंगा है।' दूसरे दिन दो थे। नहा रहे थे। शास्त्री जी भी नहा रहे थे। 'छायावाद क्या है?'–शास्त्री जी ने पूछा। उन्होंने शास्त्री जी को गंगा में गहरे ले जाकर डुबाना शुरू किया, जब कई कुल्ले पानी पी गए, तब छोडा; शिथिल होकर शास्त्री जी किनारे आए, तब लड़कों ने कहा, 'यही है छायावाद।' फलत: शास्त्री जी छायावाद और छायावादी से मौलिक घृणा करने लगे थे और जिज्ञासु षोडशी प्रिया को समझाते रहे कि छायावाद वह है, जिसमें कला के साथ व्यभिचार किया जाता है तरह-तरह से। आइडिया के रूप में, सुपर्णा जैसी ओजस्विनी लेखिका के लिए इतना बहुत था। आदि से अन्त तक उसके लेख में प्राचीन पतिव्रत धर्म और नवीन छायावादी व्यभिचार प्रचारक के कण्ठ से बोल रहा था। शास्त्री जी ने कई बार पढ़ा और पत्नी को सती समझकर मन-ही-मन प्रसन्न हुए। वह लेख सम्पादक जी के पास भेजा गया। सम्पादक जी लेखिका मात्र

को प्रोत्साहित करते हैं ताकि हिन्दी की मरुभूमि सरस होकर आबाद हो, इसलिए लेख या कविता के साथ चित्र भी छापते हैं। शास्त्रिणी जी को लिखा। प्रसिद्धि के विचार से शास्त्री जी ने एक अच्छा सा चित्र उतरवाकर भेज दिया। शास्त्रिणी जी का दिल बढ़ गया। साथ में उपदेश देने वाली प्रवृत्ति भी।

इसी समय देश में आन्दोलन शुरू हुआ। पिकेटिंग के लिए देवियों की आवश्यकता हुई–पुरुषों का साथ देने के लिए भी। शास्त्रिणी जी की मारफत शास्त्री जी का व्यवसाय अब तक भी न चमका था। शास्त्री जी ने पिकेटिंग में जाने की आज्ञा दे दी। इसी समय महात्माजी बनारस होते हुए कहीं जा रहे थे, कुछ घण्टों के लिए उतरे। शास्त्री जी की सलाह से एक जेवर बेचकर, शास्त्रिणी जी ने दो सौ रुपए की थैली उन्हें भेंट की। तन, मन और धन से देश के लिए हुई इस सेवा का साधारण जनता पर असाधारण प्रभाव पड़ा। सब धन्य-धन्य कहने लगे। शास्त्रिणी जी पूरी तत्परता से पिकेटिंग करती रहीं। एक दिन पुलिस ने दूसरी स्त्रियों के साथ उन्हें भी लेकर एकान्त में, कुछ मील शहर से दूर, संध्या समय छोड़ दिया। वहाँ से उनका मायका नजदीक था। रास्ता जाना हुआ। लड़कपन में वहाँ तक वे खेलने जाती थीं। पैदल मायके चली गईं। दूसरे देवियों से नहीं कहा, इसलिए कि ले जाना होगा और सबके लिए वहाँ सुविधा न होगी। प्रात:काल देवियों की गिनती में यह एक घटी, संवाद-पत्रों ने हल्ला मचाया। ये तीन दिन बाद विश्राम लेकर मायके से लौटीं, और शोक-सन्तप्त पतिदेव को और उच्छंखल रूप से बड़बड़ाते हुए संवाद पत्रों को शान्त किया–प्रतिवाद लिखा कि सम्पादकों को इस प्रकार अधीर नहीं होना चाहिए।

आन्दोलन के बाद इनकी प्रैक्टिस चमक गई। बड़ी देवियाँ आने लगीं। बुलावा भी होने लगा। चिकित्सा के साथ लेख लिखना भी जारी रहा। ये बिल्कुल समय के साथ थीं। एक बार लिखा, 'देश को छायावाद से जितना नुकसान पहुँचा है, उतना गुलामी से नहीं।' इनके विचारों का आदर नीम-राजनीतिज्ञों में क्रमश: ज़ोर पकड़ता गया। प्रोग्रेसिव राइटर्स ने भी बधाइयाँ दीं और इनकी हिन्दी को आदर्श मानकर अपनी सभा में सम्मिलित हाने के लिए पूछा। अस्तु शास्त्रिणी जी दिन-पर-दिन उन्नति करती गईं। इस समय नया चुनाव शुरू हुआ। राष्ट्रपति ने कांग्रेस को वोट देने के लिए आवाज उठाई। हर जिले में कांग्रेस उम्मीदवार खड़े हुए। देवियाँ भी। वे मर्दों के बराबर हैं। शास्त्रिणी जी भी जौनपुर से खड़ी होकर सफल हुईं। अब उनके सम्मान की सीमा न रही। एम.एल.ए. हैं। 'कौशल' में उनके निबन्ध प्रकाशित होते थे। लखनऊ आने पर 'कौशल' के प्रधान सम्पादक एक दिन उनसे

मिले और 'कौशल' कार्यालय पधारने के लिए प्रार्थना की। शास्त्रिणी जी ने गर्वित स्वीकारोक्ति दी।

'कौशल' कार्यालय सज़ाया गया। शास्त्रिणी जी पधारीं। मोहन एम.ए. होकर यहाँ सहकारी है, लेकिन लिखने में हिन्दी में अकेला। शास्त्रिणी जी ने देखा। मोहन ने उठकर नमस्कार किया। 'आप यहाँ', शास्त्रिणी जी ने प्रश्न किया। 'जी हाँ', मोहन ने नम्रता से उत्तर दिया, 'यहाँ सहायक हैं।' शास्त्रिणी जी उद्धत भाव से हँसी। उपदेश के स्वर में बोलीं, 'आप गलत रास्ते पर थे!'

हिरनी

कृष्णा की बाढ़ बह चुकी है; सुतीक्ष्ण, रक्त-लिप्त, अदृश्य दाँतों की लाल जिह्वा, योजनों तक, क्रूर; भीषण मुख फैलाकर, प्राणसुरा पीती हुई मृत्यु तांडव कर रही है। सहस्रों गृह-शून्य, क्षुधाक्लिष्ट, निःस्व जीवित कंकाल साक्षात् प्रेतों से इधर-उधर घूम रहे हैं। आर्तनाद, चीत्कार, करुणानुरोधों में सेनापति अकाल की पुनः पुनः शंख-ध्वनि हो रही है। इसी समय सजीव शान्ति की प्रतिमा-सी एक निर्वसना-बालिका शून्यमना दो शवों के बीच खड़ी हुई चिदम्बर को दीख पड़ी।

"ये तुम्हारे कौन हैं?" शवों की ओर इंगित कर वहीं की भाषा में चिदम्बर ने पूछा।

बालिका आश्चर्य की तन्मय दृष्टि से शवों को कुछ देर देखती रहकर शून्य भाव से अज्ञात मनुष्य की ओर देखने लगी।

चिदम्बर ने अपनी तरफ से पूछा–"ये तुम्हारे माँ-बाप हैं?"

बालिका की आँखें सजल हो आयीं।

चिदम्बर ने सस्नेह कहा–"बेटी, हमारे साथ डेरे चलो, तुमको अच्छा-अच्छा खाना देंगे।"

बालिका साथ हो ली। उसकी अन्तरात्मा उसे समझा चुकी थी कि उसके माता-पिता उस नींद से न जगेंगे। उसे माता-पिता को सचेत करने का इतना उद्यम पहले कभी नहीं करना पड़ा, यहीं उसके प्राणों में उनके सदा अचेत रहने का अटल विश्वास हुआ।

पहले चिदम्बर ने अच्छी तरह, उसे अपना दुपट्टा पहना दिया, फिर उँगली पकड़कर धीरे-धीरे डेरे की ओर चला, जो वहाँ से कुछ ही फासले पर था।

अकाल-पीड़ितों की समुचित सेवा के लिए मदरास के 'पतित-पावन संघ' के प्रधान निरीक्षक की हैसियत से संघ को साथ लेकर चिदम्बर वहाँ गया था।

कुछ दिनों बाद धन-संग्रह के लिए चिदम्बर को मदरास जाना पड़ा। शिक्षण-पोषण के लिए अनाथ-आश्रम में भर्ती कर देने के उद्देश्य से बालिका को भी साथ ले गया। वहाँ जाने पर मालूम हुआ कि राजा रामनाथसिंह रामेश्वर जी के दर्शन कर कुछ दिनों से ठहरे हुए हैं, उसे मिल आने के लिए बुलावा भेजा था। चिदम्बर के पिता जज के पद से पेंशन लेकर कुछ दिनों तक राजा साहब के यहाँ दीवान रह चुके थे; उन दिनों चिदम्बर को पिता के पास युक्तप्रान्त में रहकर प्रयाग-विश्वविद्यालय में अध्ययन करना पड़ा था। अब उसके पिता नहीं हैं।

संवाद पा राजा साहब से मिलने के लिए चिदम्बर उनके वास-स्थल को गया। बाढ़ की बातचीत में बालिका का प्रसंग भी आया। चिदम्बर उसे अनाथ आश्रम में परवरिश के लिए छोड़ रहा है, यह सुनकर कारुण्य-वश राजा साहब ने ही उसे अपने साथ सिंहपुर ले जाने के लिए कहा। चिदम्बर इनकार करे, ऐसा कारण न था; बालिका रानी साहिबा की देख-रेख में, उन्हीं के साथ, उनकी राजधानी गई।

आठ साल की लड़की रानी साहिबा की दासियों से स्नेह तथा निरादर प्राप्त करती हुई, उन्हीं में रहकर, उन्हीं के संस्कारों में ढलती हुई धीरे-धीरे परिणत हो चली। वहाँ जो धर्म दासियों का, जो भगवान् रानी से सेविकाओं तक के थे; वही उसके भी हो गए। झूठ अपराध लगने पर दासियों की तरह वह भी कसम खाकर कहने लगी, "अगर मैंने ऐसा किया हो, तो सरकार, सीतला भवानी मेरी आँख ले लें।' वहाँ सभी हिन्दी बोलती थीं, पर जो मधुरता उसके गले में थी, वह दूसरे में न थी; जैसे हारमोनियम के तीसरे सप्तक पर बोलती हो। रानी साहिबा उससे प्रसन्न थीं। क्योंकि दूसरी दासियों से वह काम करने में तेज और सरल थी। उसका नाम हिरनी रक्खा था। वह जिस रोज रनिवास में आयी थी, तब से आज तक, उसी तरह, अरण्य की, दल से छुटी हुई, छोटी हिरनी सी, एकाएक खड़ी होकर, सजग दृग, पार्श्व-स्थिति का ज्ञान-सा प्राप्त करने लगती है कि वह कहाँ आयी, यहाँ कोई भय तो नहीं। दृष्टि के सूक्ष्मतम तार इस पृथ्वी के परिचय से नहीं, जैसे शून्य आकाश में बँधे हुए हों; जैसे उसे पृथ्वी पर उतार कर विधाता ने एक भूल की हो। उसके इस भाव के दर्शन से 'हिरनी' नाम, कवि के शब्द की तरह, रानी के कंठ से आप निकल आया था।

वही हिरनी अब जीवन के रूपोज्ज्वल वसन्त में कली की तरह मधु-सुरभि से भरकर चतुर्दिक् सूचना-सी दे रही है कि प्रकृति की दृष्टि में अमीर और ग़रीबवाला क्षुद्र भेद-भाव नहीं, वह सभी की आँखों को एक दिन यौवन की ज्योत्स्ना से स्निग्ध कर देती है; किरणों के जल से भरकर, जीवन में एक ही प्रकार की लहरें उठाती हुई,

परिचय के प्रिय पथ पर बहा ले जाती है; जो सबसे बड़ी है, जिसके भीतर ही बड़े और छोटे के नाम में भ्रम है, वह स्वयं कभी छोटे और बड़े का निर्णय नहीं करती, उसकी दृष्टि में सभी बराबर हैं, क्योंकि सब उसी के हैं। उसी ने हिरनी में एक आशा, एक अज्ञात सुख की आकांक्षा भी भर दी, जिससे दृष्टि में मद, मद में नशा, नशे में संसार के विजय की निश्चल भावना मनुष्य को स्त्री के प्रणय के लिए खींचती रहती है।

इसी समय इंग्लैंड से शिक्षा प्राप्त कर राजकुमार घर लौटे थे, और दो-तीन बार हिरनी को बुला चुके थे। रानी दूसरी दासियों से यह समाचार पाकर हिरनी का विवाह कर देने की सोचनी लगीं। वहीं एक कहार रामगुलाम रहता था। नौजवान था। रानी साहिबा ने उससे पुछवाया कि हिरनी से विवाह करने को वह राजी है या नहीं। वह बहुत ख़ुश हुआ, उत्तर में अपनी ख़ुशी को दबाकर रानी साहिबा को ख़ुश करने वाले शब्दों में कहा–"सरकार की जैसी मर्जी हो, सरकार की हुकुम-अदूली मुझसे न होगी।"

विवाह में घरवालों की राय न थी। रामगुलाम बाग़ी हो गया।

एक दिन उसके साथ हिरनी का विवाह प्रासाद के आंगन में कर दिया गया। हिरनी पति के साथ रहने लगी। साल ही भर में एक लड़की की माँ हो गई।

दो साल और पार हो गए। रानी साहिबा का स्नेह, हिरनी के कन्यास्नेह के बढ़ने के साथ-साथ, उस पर से घटने लगा। जिन दासियों की पहले उसके सामने न चलती थी, वे ताक पर थीं कि मौका मिले, तो बदला चुका लें।

एक दिन रानी साहिबा ताश खेल रही थीं। पक्ष और विपक्ष में उन्हीं की दासियाँ थीं। श्यामा उर्फ़ स्याही उन्हीं की तरफ थी। मौका अच्छा समझकर बोली-"सरकार को हिरनी ने आज फिर धोखा दिया; मैं गई थी, उसकी लड़की को जूड़ी-बुखार कहीं कुछ भी नहीं।"

लड़की की बीमारी के कारण हिरनी दो दिन की छुट्टी ले गई थी। रानी साहिबा पहले ही से नाराज़ थीं। अब धुआँ देती हुई लकड़ी को हवा लगी, वह जल उठी। रानी साहिबा ने उसी वक़्त स्याही को एक नौकर से पकड़ लाने के लिए कहने को भेज दिया। स्याही पुलकित होकर बूटासिंह के पास गई। बूटासिंह से उसकी आशनाई थी। बोली, "सरकार कहती हैं, हिरनी का झोंट पकड़कर ले आओ, अभी ले आओ, बहुत जल्द।"

बूटासिंह जब गया, तब हिरनी बालिका के लिए वैद्य की दी एक दवा अपने दूध में घोल रही थी। बूटासिंह को मतलब समझाने के लिए तो कहा नहीं गया था। उसने झोंट पकड़कर खींचते हुए कहा–"चल, सरकार बुलाती हैं।"

प्रार्थथा की करुण चितवन से बूटासिंह को देखती हुई हिरनी बोली–"कुछ देर के लिए छोड़ दो, मयना को दवा पिला दूँ।"

घसीटता हुआ बूटासिंह बोला–"लौटकर दवा पिला चाहे ज़हर, सरकार ने इसी वक़्त बुलाया है।"

स्याही साथ लेकर ऊपर गई। हिरनी रानी साहिबा की मुद्रा तथा क्रूर चितवन देखकर काँपने लगी।

रानी साहिबा ने हिरनी को पास पकड़ लाने के लिए स्याही से कहा। स्याही ने ज़ोर से खींचा, पर हिरनी का हाथ छूट गया, जिससे वह गिर गई, हाथ मोच खाकर उतर गया।

रानी साहिबा क्रोध से काँपने लगीं। दूसरी दासियों को पकड़ लाने के लिए भेजा। इच्छा थी कि उसका सर दबाकर स्वयं प्रहार करें। दासियाँ पकड़कर ले चलीं, तो रानी साहिबा को आँसुओं में देखती हुई उसी अनिंद्य हिन्दी में हिरनी क्षमा-प्रार्थना करती हुई बोली–"सरकार, मेरा कुछ कुसूर नहीं हैं।"

पर कौन सुनता है, उससे रानी साहिबा की सेवा में कसर रह गई है।

जब पास पहुँची, उसको झुकाकर मारने के लिए रानी साहिबा ने घूँसा बाँधा।

हिरनी के मुख से निकला–"हे रामजी!"

रानी साहिबा की नाक से खून की धारा बह चली। यह वहीं मूर्च्छित हो गईं। हिरनी के बाल, मुख उसी खून से रंग गए।

डॉक्टरों ने आकर कहा, गुस्से से खून सर पर चढ़ गया है। तब से ज़रा भी गुस्सा करने पर रानी साहिबा को यह बीमारी हो जाती है।